TOUS LES DOUTES

CHARLOTTE BYRD

CHARLOTTE BYRD

dangerously addictive

COPYRIGHT

Ce livre est une œuvre de fiction. Les nom, personnages, les endroits et les péripéties sont

À PROPOSE DE TOUS LES DOUTES

Je suis un menteur.

Je mens depuis tellement longtemps que c'est la seule chose que je sais encore faire.

Même le nom que je lui ai donné est un faux.

J'ai une nouvelle identité et une nouvelle vie parce que celles que j'avais avant allaient me tuer.

C'est pourquoi je ne fais pas d'interview. C'est pourquoi je ne montre pas mon visage sur les réseaux sociaux.

Mais quand l'article d'Emma sort, tout change.

Ils vont me retrouver.

Ce n'est qu'une question de temps.

Je veux me sauver, je veux disparaître à nouveau.

Mais si jamais ils s'en prennent à elle ?

ÉLOGES FAITS A CHARLOTTE BYRD

« Décadent, délicieux et dangereusement addictif ! » — Avis

« L'érotisme si magistralement tissé qu'aucun lecteur ne peut y résister ! Un INCONTOURNABLE ! » — Bobbi Koe, Avis

« Captivant ! » — Crystal Jones, Avis

« Excitant, intense, sensuel » Rock, Avis

« Sexy, mystérieux, palpitant... » Mrs K, Avis ★★★★★

« Charlotte Byrd est une auteure remarquable. J'ai lu beaucoup de ses livres, j'ai ri et pleuré. Elle a une écriture équilibrée avec des personnages brillants. Bravo ! » — Avis ★★★★★

« Rapide, sombre, addictif et percutant » — Avis ★★★★★

« Chaud, torride et une intrigue géniale. » — Christine Reese ★★★★★

« Oh la la... Charlotte a fait de moi une fan à vie » — JJ, Avis ★★★★★.

« La tension et l'alchimie sont au niveau d'alerte cinq. » — Sharon, Avis ★★★★★

« Chaud, sexy, le voyage fascinant d'Ellie et M Aiden Black. » — Robin Langelier ★★★★★

« Waouh. Tout simplement waouh. Charlotte Byrd me laisse sans voix et humble... Il m'a tenue en haleine. Une fois que vous l'ouvrez, vous ne pourrez plus le poser. » — Avis ★★★★★

« Sexy, torride et captivant ! — Charmaine, Avis ★★★★★

"Intrigue, luxure et de superbes personnages…
que demander de plus ?!" — Dragonfly Lady.

"Un livre incroyable. Une lecture excitante, très
divertissante, captivante et intéressante. Je ne
pouvais pas le poser." — Kim F, Avis

"C'est tout simplement la meilleure histoire.
Tout ce que j'aime et plus. Une histoire
tellement géniale que je la relirai encore et
encore. À conserver !!" — Wendy Ballard

"Il y a le nombre parfait de revirement de
situations. Je me suis sentie instantanément lié à
l'héroïne et bien sûr à M Black. MIAM. Le
roman est excitant, insolent, torride. Il est tout."
— Khardine Gray, auteur de romance à succès

INSCRIS-TOI À MA NEWSLETTER !

Tu veux être le premier à être informé de mes prochaines ventes, de mes nouvelles sorties et de cadeaux exclusifs ?

Abonne-toi à ma **Newsletter** et rejoins mon **Club de Lecteur** !

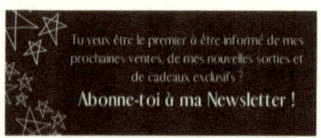

Le Parfait Mensonge

La Vie Parfaite

Le Parfait Echappatoire

Série Tous Les Mensonges

Tous les Mensonges

Tous Les Secrets

Tous Les Doutes

Série Soirée interdite

Soirée interdite

Règles interdites

Liens interdits

Contrat interdit

Limites interdites

La trilogie de La maison de York

La maison de York

La couronne de York

Le trône de York

Série Secrets et mensonges

Secrets et mensonges

Secrets et révélations

Secrets et peur

Secrets et colère

Secrets et passion

Série Dis-moi d'Arrêter

Dis-moi d'Arrêter

Dis-moi de Partir

Dis-moi de Rester

Dis-moi de Fuir

Dis-moi de Lutter

Dis-moi de Mentir

À PROPOS DE CHARLOTTE BYRD

Charlotte Byrd est une auteure de best-sellers de romans contemporains. Elle vit en Californie du Sud avec son mari, son fils et un berger australien plein d'énergie. Elle adore les livres, le beau temps et les grandes eaux bleues.

Contactez-la ici : charlotte@charlotte-byrd.com

Trouvez ses autres livres ici : www.charlotte-byrd.com

Suivez-la ici : www.facebook.com/charlottebyrdbooks

Instagram : www.instagram.com/charlottebyrdbooks

Twitter : www.twitter.com/ByrdAuthor

Groupe Facebook : Charlotte Byrd's
Reader Club

Tu veux être le premier à être informé de mes
prochaines ventes, de mes nouvelles sorties et de
cadeaux exclusifs ?

Abonne-toi à ma **Newsletter** et rejoins mon
Club de Lecteur !

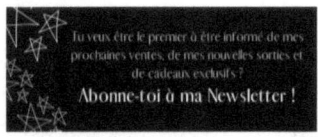

1

EMMA

Il a décidé de me faire confiance à nouveau et pourtant je sais que je ne mérite pas cette confiance. Je l'ai rattrapé quand j'ai pensé que j'allais le perdre à nouveau. Je l'ai suivi pour lui demander pourquoi il avait menti à propos de D. B. Carter et ensuite il m'a dit la vérité. Il a sorti son téléphone et m'a montré le brouillon de tous ces livres. Puis nous nous sommes embrassés.

Ce baiser m'a redonné foi. Pas seulement en lui, mais en nous. Même si c'est juste la possibilité de nous.

Je sais que je ne mérite pas sa confiance. Je sais que nous n'avons pas été particulièrement honnêtes l'un envers l'autre. Je n'aurais pas dû envoyer mes notes à Shelby.

Je n'aurais même pas dû les écrire. C'est un grand pas qui pourrait l'exposer. Je voulais juste me souvenir. Je suis journaliste dans l'âme et je voulais garder une trace de chaque détail. D'une manière ou d'une autre, c'est comme si vous mettiez vos pensées sur papier, pour qu'elles soient plus réelles.

Les écrivains ressentent cela depuis des siècles. C'est pourquoi nous écrivons. Nous mettons les mots sur papier ou sur les touches d'un clavier et nous enregistrons nos pensées les plus intimes pour la postérité.

Est-ce vraiment ça ?

Est-ce vraiment pour qu'on se souvienne de nous ou est-ce juste pour se souvenir de maintenant ?

Je me suis souvent assise pour écrire sans savoir exactement ce que j'allais dire. D'une manière ou d'une autre, le processus d'organisation de mes pensées en phrases, puis en paragraphes, puis en pages prend tout son sens.

Quand on m'a présenté pour la première fois ce mystère sur la véritable identité de D. B. Carter, je n'avais aucune idée par où j'allais commencer. Je n'avais aucune idée de ce que je voulais m'inclure dans l'histoire, mais pourquoi pas ? J'étais celle qui enquêtait. C'était mes yeux qui filtraient la vérité.

Je ne savais pas que D. B. Carter finirait par être quelqu'un à qui je ne pourrais pas arrêter de penser.

Je ne savais pas que D. B. Carter finirait par être quelqu'un qui serait là pour moi dans mes heures les plus sombres.

Je pensais qu'il n'était qu'une distraction. Je pense toujours qu'il n'est qu'un pansement qui peut m'aider à surmonter Alex. Nous sommes tous tentés de faire cela, n'est-ce pas ? De sortir d'une relation sérieuse qui aurait pu être un peu trop toxique et de sauter directement dans autre chose ? Pourquoi ? Pourquoi ai-je fait ça ? Pourquoi fait-on tous cela ?

Pour me sentir mieux.

Puis j'ai réalisé qu'il se passait autre chose. Je me suis vue devenir quelqu'un d'autre. J'aimais la personne que j'étais entre ces deux hommes. Elle était finalement extravertie et intrépide, peut-être pas parfaitement intrépide, mais beaucoup moins craintive qu'elle ne l'était avec Alex.

Les événements avec Liam n'étaient pas planifiés. En fait, la plupart du temps, j'avais l'impression que le sol bougeait sous mes pieds, mais dans le bon sens. C'était excitant. Séduisant.

C'était quelqu'un qui me faisait oublier la douleur que je ressentais avec Alex et pourtant c'était quelqu'un qui me rappelait qu'Alex et moi n'avions jamais été bien ensemble. Ça a toujours été un menteur et un tricheur. Je ne savais pas la vérité sur tout ce qu'il faisait et mon monde s'est effondré quand je l'ai appris, mais avec le recul, je commence à voir toutes les fissures.

Les choses avec Liam sont également compliquées. Il a des secrets. J'en ai découvert, mais plus j'en découvre, plus je sais qu'il y en a d'autres. Il m'a beaucoup parlé de sa vie et la grande majorité est vraie. Sauf bien sûr pour les *petits détails.* Comme *son nom*, son lieu de naissance et ce à quoi ressemble sa famille.

Je plaisante bien sûr. En partie.

Principalement parce que j'écris ceci pour essayer de donner un sens à ma vie en ce moment et à quel point elle s'est compliquée rapidement.

Mes pensées reviennent à notre baiser ou plutôt à l'enchainement des baisers partagés. Nous avons eu tellement de départs et d'arrêts qu'il est difficile de penser à un moment particulier au lieu d'une multitude d'images.

Là, il passe ses doigts le long de ma mâchoire. Il est là avec ses cheveux tombant dans ses yeux.

Là, il presse son corps contre le mien.

Là, il ouvre ma bouche avec la sienne.

C'est presque comme s'il avait une attraction magnétique sur moi. Je n'ai jamais ressenti cela avec personne auparavant. Je voulais être avec Alex et, bien sûr, j'ai eu des petits amis avant lui. Aucun n'était particulièrement toxique, mais aucun n'était particulièrement intéressant non plus. Puis il est entré dans ma vie et soudain, chaque interaction que nous avons eue depuis me fait frissonner. C'est presque comme s'il y avait des étincelles qui se déclenchaient chaque fois que nous partageons le même air.

Quand je rentre au bureau, je fais le tour du périmètre, essayant d'éviter Corrin et Shelby qui parlent près de la fontaine à eau. Je passe et elles ne me remarquent pas. Je me cache dans mon bureau, et bois une tasse de thé chaud dans mon thermos. J'ai beaucoup de travail à faire et je dois encore la convaincre de ne pas publier l'article. Franchement, je ne sais pas comment faire ça.

Pour passer le temps, je vérifie mes e-mails et c'est là que je le vois.

Ils l'ont imprimé. Ce sont essentiellement les notes que je lui ai données, avec un peu d'ajout, mais quasiment imprimées telles quelles. Je regarde l'écran, puis je rafraichis le site web encore et encore, en espérant que ce ne soit pas vrai. C'est peut-être juste une erreur. Un test.

Non, non. Non. Je secoue la tête et balance mon bras, jetant le thermos au sol. Le dessus s'ouvre et le liquide chaud se répand partout. Je sors quelques mouchoirs de la boîte sur la table et les jette sur le dessus du tapis, laissant tout pénétrer, mais mon attention revient à l'écran.

Ma cœur battent à tout rompre, je scanne l'article, lisant et ne lisant pas en même temps. Les faits saillants sont clairs. Elle a inclus tout ce que je lui ai envoyé, même le fait que je lui ai parlé.

L'éthique du journalisme a été attaquée ces dernières années depuis l'explosion du contenu en ligne sans grand souci de la vérité. C'est un article de magazine qui n'est pas seulement vrai, mais aussi salace. Le fait que l'écrivain ait eu une relation sexuelle avec le sujet est probablement quelque chose qui ne fait qu'ajouter à l'intérêt général de l'histoire.

Pour quelqu'un qui essaie de se faire prendre au sérieux, je sais que c'est un clou dans le cercueil de ma carrière.

Soudain, mes pensées reviennent à Liam. A-t-il déjà vu l'article ?

Je regarde l'heure, mais je ne me souviens plus de l'heure à laquelle nous nous sommes séparés. Je n'ai pas eu de nouvelles, mais cela ne veut rien dire. Je veux l'appeler, mais j'ai peur. S'il ne sait pas, je ne peux pas lui cacher ça. S'il sait, qu'est-ce que cela signifie pour nous ?

Ma tête commence à tourner. Je ne sais pas quoi faire. Je ne sais pas où aller. J'ai besoin de faire disparaître tout ça, mais comment ?

Le sang bat entre mes tempes, je me lève et me force à mettre un pied devant l'autre jusqu'à ce que j'arrive au bureau de Corrin et lui demande :

—Pourquoi ?

Elle lève les yeux de son écran. Je me racle la gorge et lui demande encore pourquoi, mais cette fois ma voix est plus basse et c'est plus une supplication.

Elle ouvre la bouche pour dire quelque chose, mais Shelby entre par derrière.

— Emma, je suis désolée, dit Shelby, lançant ses doigts manucurés en l'air en signe de reddition, mais ce n'est clairement pas une reddition.

Si quoi que ce soit, c'est une déclaration de guerre.

— Ce que tu as écrit, tes notes, elles étaient si détaillées et si merveilleuses. Il fallait que je les partage avec Corrin.

— Ce sont des notes. Ce n'était pas l'histoire. Ce n'était pas un article.

— C'est là que tu te trompes, dit Corrin, gardant son ton neutre et détaché. Il y avait beaucoup de vie dans ce morceau que tu appelles tes notes. Il a tes réactions, ton choc et tes interactions avec le sujet.

— Le sujet ? Tu veux dire D. B. Carter ? Tu veux dire Liam ? Comment tu peux l'appeler comme ça ? J'exige de savoir.

— Emma, je sais que tu as eu une relation personnelle avec lui et c'est exactement pourquoi j'ai voulu imprimer ce qui s'est passé et ce que tu as trouvé. Nos lecteurs veulent savoir. Personne ne veut d'histoire vraie sèche, surtout pas dans les magazines en difficulté. L'histoire, cette trilogie d'histoires va mettre ton nom sur la carte. Tu as vu le nombre de retweets ? Tout le monde attend

avec impatience la conclusion finale. La
révélation.

— Il n'y a pas de révélation, dis-je en secouant la
tête. L'histoire c'est que tu n'avais pas le droit
d'imprimer tout ça. Il n'a pas accepté et moi non
plus.

— Bien sûr, je sais que cela te mets dans une
position difficile, mais j'espère que tu poursuivras
quand même. Il devrait le relire. Nous n'avons
fait que des modifications mineures. Ça vient
directement du cœur. Il n'a aucune des fioritures
que l'on trouve souvent dans les histoires vraies
créatives comme celle-ci.

— Oui, car ce n'est pas l'histoire. Ce ne sont que
mes notes.

— Je ne suis pas sûre de ce que tu veux que je
dise ou que je fasse, dit Corrin après une longue
pause.

Nos yeux se rencontrent. Les siens sont froids et
distants, d'acier.

La colère bouillonne toujours en moi. J'ouvre la
bouche pour dire quelque chose, puis je m'arrête.

Ce que je veux vraiment d'elle, ce sont des excuses. Je veux qu'elle rétracte l'histoire, mais je sais que cela n'arrivera pas. Je sais aussi que l'histoire est déjà sortie donc il ne sert à rien de la rétracter.

— Y a-t-il quelque chose de faux dans ce que tu as écrit ? demande Corrin.

— Ce n'est pas le problème, dis-je en secouant la tête et en croisant les bras. Tu n'avais pas le droit de publier quelque chose de pas fini.

— Ce que j'ai fait est dans mes droits, dit Corrin, en posant ses mains sur son bureau.

Il est entièrement fait de verre et ne comporte que quelques dossiers parfaitement empilés d'un côté. Il y a un grand écran d'ordinateur devant elle et un clavier, mais mes yeux scrutent la table et me demandent comment il se fait qu'il n'y ait pratiquement pas de traces de doigts.

— Je ne vais pas m'excuser d'avoir fait mon travail. Je t'ai donné une date limite et tu y es arrivée bien en avance. J'ai décidé de suivre le mouvement.

— Je n'ai rien rendu, dis-je en secouant la tête.

J'ai l'impression que nous tournons en rond et pourtant rien de ce que je dis ne passe.

— Je l'ai envoyé à Shelby en toute confiance. Je n'allais pas écrire d'histoire à ce sujet.

— C'est exactement le problème, dit Corrin en penchant la tête.

Ses cheveux sont toujours parfaitement coiffés comme si elle allait chez le coiffeur tous les jours. Son maquillage est impeccable, comme sa peau, et ses ongles sont juste assez longs pour être intimidants mais assez courts pour travailler sur l'ordinateur.

— C'est quoi le problème ? je demande.

— Tu n'allais pas venir me dire que tu n'avais pas d'histoire.

— Tu n'as aucune idée de ce que j'allais faire. Tu ne peux pas me punir pour quelque chose que j'aurais pu faire.

— Est-ce que je te punis ? Pourquoi tu ne vas pas en ligne voir ce qui se passe ? Tout le monde te célèbre !

Réalisant que c'est une bataille perdue, je me tourne vers Shelby et dis :

— Je pensais que nous étions amies.

— On l'est, plaide-t-elle, tendant la main et touchant mon bras.

Je m'éloigne d'elle et elle a l'air blessée.

— Je voulais juste le partager avec elle parce que j'étais tellement excitée par ce que j'avais lu. Je ne pouvais tout simplement pas croire tout ce que tu avais découvert. J'étais vraiment excitée pour toi et je voulais t'aider.

Je la regarde et elle me regarde avec l'expression d'un chiot battu. Elle a l'air vraiment désolée et pourtant plus elle s'excuse, plus je suis en colère.

Sont-elles toutes les deux folles ? Ont-elles perdu la raison ? Pourquoi me traitent-elles comme si j'étais folle ? Pourquoi ne s'excusent-elles pas ?

Bien sûr, je sais pourquoi.

Je fais des poings et je reste là à les regarder fixement, gardant mes pensées pour moi. Si je leur crie dessus et que je sors, cela ne changera rien.

Corrin ne supprimera pas l'histoire. Ça ne servirait à rien de toute façon. C'est déjà sorti. Ça a été retweeté et discuté par une cinquantaine de médias différents depuis une demi-heure.

La seule chose que je peux obtenir maintenant, c'est de perdre mon emploi.

— Tu n'avais pas le droit de faire ça, dis-je aussi calmement que possible, essayant de garder ma colère à distance.

— Non, en fait, je suis ta patronne et j'avais tous les droits, me corrige Corrin.

J'ouvre la bouche pour dire autre chose, mais elle m'interrompt et montre du doigt la porte avec le stylo à la main.

— Écoute, Emma, j'adorerais te parler davantage de cela, mais je ne peux pas en ce moment. J'ai une conférence téléphonique sur le point de commencer.

Je sors de son bureau et Shelby suit de près.

— Je suis vraiment désolée, murmure-t-elle encore et encore, comme si elle s'attendait à ce que je la pardonne sur-le-champ. Elle me suit jusqu'à mon bureau même si le sien est de l'autre côté de la pièce.

Quand je m'agenouille à côté de mon thermos renversé et que je tente de nettoyer, elle attrape un rouleau de papier absorbant dans la cuisine et m'aide à absorber une partie du liquide.

— Dis quelque chose, s'il te plaît, plaide-t-elle.

__Que veux-tu que je dise ? je demande en marmonnant.

— Je suis vraiment désolée pour tout.

— Je sais ! dis-je sévèrement. D'accord ? Alors, arrête de le dire.

— Je ne sais pas quoi dire d'autre.

J'inspire et expire profondément.

— Je ne sais pas quoi dire non plus. Tu m'as vraiment baisée et tu ne le sais même pas. Qu'est-ce qui s'est passé ? je demande alors que

nous sommes toutes les deux accroupies sur
le sol.

Pourquoi as-tu fait ça ? Je t'ai fait confiance et tu
m'as juste... trahie.

Ma voix n'est plus en colère ou précipitée. Elle
est calme et même timide, un peu trop détachée
même.

— Je suis désolée. Je ne voulais pas faire ça. Je ne
sais pas ce qui s'est passé. Quand j'ai reçu l'e-mail
et que j'ai tout lu, j'étais tellement fière de toi. Tu
as tellement de choses là-dedans et je voulais le
montrer à Corrin. C'est tellement stupide, mais
comme elle avait tellement apprécié ton premier
article, j'ai pensé qu'elle serait excitée.

— Alors que je t'ai dit de ne pas le lui montrer ?

— C'était trop tard ; dit-elle en se mordant la
lèvre. Elle secoue la tête et ses yeux refusent de
rencontrer les miens.

— Ça m'a échappé. Elle a pris la décision si
rapidement. Dès que je lui ai envoyé l'histoire, au
lieu de simplement me parler et de me faire des
suggestions sur la façon de l'améliorer ou le bon

angle, elle l'a juste éditée elle-même et l'a publiée une heure plus tard.

— Non, je secoue la tête.

— Elle ne voulait pas attendre l'impression, poursuit-elle. C'est comme si elle savait que tu ne voudrais pas et elle l'a fait pour ne pas avoir à demander ta permission.

— Elle savait que ce n'étaient que des notes, dis-je doucement. J'avais mis tout sur notre relation. Tous ces trucs personnels qu'aucun journaliste ne veut publier.

— Ça va avec le ton de l'histoire. Le premier article concernait ta tentative de le trouver et le second avait tous ces détails sur ta relation avec lui. Des détails sexuels.

— C'est exactement pourquoi je ne l'ai partagé qu'avec toi. J'aurais dû tout garder pour moi ou peut-être ne pas l'écrire du tout.

— Ne dis pas ça. Tu as une vraie voix. Tu ne peux pas te taire.

— Je n'en ai jamais eu envie avant, mais je ne voulais pas non plus partager toutes ces informations personnelles. C'était juste pour moi. Comment suis-je censée obtenir un autre boulot de journaliste si tout ce qu'un rédacteur a à faire est de chercher mon nom et de voir noir sur blanc que j'ai couché avec mon sujet ? Tu sais à quel point c'est inapproprié ? Je veux dire, ça remet en question tout ce que j'écris.

— Je sais, mais ce n'est pas non plus le cas, dit calmement Shelby.

Elle prend la chaise de bureau vide d'une table voisine et la fait rouler. Je m'assois en face d'elle.

— Qu'est-ce que tu racontes ? je demande.

— Je sais que traditionnellement, c'est vraiment irresponsable. Il ne faut pas s'injecter dans l'histoire et tout ça, mais le journalisme change. Les médias sociaux ont beaucoup changé sur la façon dont le journalisme est fait et maintenant les gens se placent dans les articles tout le temps. Les meilleures histoires sur les dénonciateurs du gouvernement, la brutalité policière et même les incendies de forêt, viennent des gens qui vivent là-bas. Ton histoire rentre là-dedans et je suis sûre que si tu essaies de trouver un autre emploi dans un autre magazine ou journal, les rédacteurs en chef comprendront.

Son discours d'encouragement me fait me sentir mieux, mais je ne sais pas si j'y crois vraiment. D'une part, elle a intérêt à me remonter le moral ; elle veut toujours être mon amie et elle veut que j'écrive la conclusion.

— Tu es toujours en colère contre moi, demande-t-elle après quelques instants de silence.

— Oui, dis-je doucement.

— Qu'est-ce que je peux faire ?

Nous ne sommes plus aussi tendues. En fait, je ressens une accalmie.

Shelby est assise avec moi pendant un moment. Puis elle s'approche et me prend la main.

— Tu n'aurais pas dû faire ça, dis-je doucement. Je ne sais pas ce qui va se passer maintenant.

— Comment ça ?

— Avec Liam. Je suis sûre qu'il va voir l'histoire et...

C'est le nœud du problème. Oui, je suis en colère qu'elles aient imprimé cette histoire sans ma permission. Oui, je suis en colère qu'elles aient révélé une relation sexuelle qu'elles n'avaient pas le droit de partager avec le monde. Le principal problème est que tous ces éléments contenus dans ces notes ne devraient pas être accessibles au public.

Liam cache un secret et la publication de cette histoire met ce secret en lumière.

2

———

EMMA

Quand je rentre à la maison, je résiste à contacter Liam. J'hésite pour la même raison pour laquelle je ne l'ai pas appelé plus tôt.

J'ai peur.

J'ai peur de ce qu'il va dire.

J'ai peur de lui avouer et de lui dire ce qui s'est passé, mais je veux aussi lui parler.

Quelques heures plus tard, après avoir consommé un kilo de glace vegan, j'ai enfin l'impression d'avoir assez de force pour l'appeler. Ça sonne et sonne, mais personne ne répond. La messagerie vocale se déclenche et je me sens mal.

— Salut c'est moi. Rappelle-moi s'il te plait.

Je suis vague volontairement. Je ne peux pas lui dire quelque chose d'aussi gros sur une messagerie vocale. Je ne peux même pas le voir écrit dans un texto. J'essaye, mais je le supprime à chaque fois.

J'ouvre une bouteille de vin et je bois deux verres rapidement, puis je m'endors en regardant Netflix. A deux heures du matin, je me réveille et je réalise que je n'ai pas eu de nouvelles de lui. Il ne m'a pas répondu et il n'a pas appelée. Je lui envoie un texto à nouveau, lui demandant d'appeler, mais il ne le fait pas.

— Donc, il n'a jamais répondu ? me demande Brooke quand on se retrouve pour le déjeuner.

Avec Shelby qui m'a trahi, je ne savais pas trop à qui s'adresser. Ma sœur et moi avons eu nos différents et nos problèmes, mais elle a toujours été là pour moi quand j'avais besoin d'elle.

Je lui raconte tout ce qui s'est passé et elle écoute en hochant la tête sur une assiette de salade de chou frisé et de saumon.

— Tu devrais attendre et voir ce qui se passe. Peut-être qu'il est occupé. Ça ne fait pas si longtemps.

J'acquiesce, d'accord avec elle, mais au fond de mon cœur, je sais que quelque chose ne va pas. Je me demande s'il a déjà vu l'article.

Je me demande s'il est en colère contre moi.

Je me demande si j'aurais dû lui en parler dès que je l'ai découvert.

Un million de situations me traversent l'esprit alors que je bois un verre de thé glacé en me disant que je préfèrerais du vin blanc à la place. Je suis toujours étourdie par le vin que j'ai bu la nuit dernière donc toujours un peu déshydratée et je ne pense pas clairement.

— Écoute, la raison pour laquelle je voulais te voir, c'est qu'il se passe quelque chose avec nos parents.

Brooke joue avec ses cheveux pendant qu'elle parle, évitant mon regard. Vêtue d'une salopette et d'un t-shirt moulant avec son ventre visible,

Brooke est le symbole du cool. Elle est ronde et fière. Ce n'est pas la tenue la plus flatteuse qu'elle puisse porter, comme dirait ma mère, mais cela la fait briller de l'intérieur, et je suis jalouse de sa confiance en elle.

— Tu ne devrais vraiment pas t'affaler comme ça, dit-elle en se penchant sur la table et en parlant à voix basse.

Contrairement à elle, je suis vêtue d'un pull trop grand et d'un t-shirt uni qui n'est ni serré ni ample. Mon legging est mon uniforme, quelque chose que je porte tout le temps lorsque je ne porte pas mes vêtements de travail officiels. Je n'aime pas m'habiller et je n'aime pas faire du shopping. Je ne sais pas vraiment ce qui est populaire et ce qui ne l'est pas.

Au fil des ans, j'ai développé mon propre sens du style qui est une combinaison de décontracté et de confort et je m'habille comme ça depuis. Un t-shirt ou un débardeur sur un legging, parfois associé à un sweat à capuche ou un gilet. Des chaussures plates, des tongs ou des baskets légères, pas celles à semelles lourdes.

Je préfère aussi les soutiens-gorge de sport qui fournissent juste assez de soutien sans aplatir mes seins comme une crêpe. Je porte un bonnet C, mais je n'ai jamais aimé les gros seins et j'adorerais pouvoir ne pas porter soutien-gorge. Avec le bon haut, je le fais parfois.

Je ramasse un peu de salade grecque avec de la feta émiettée et des olives avec ma fourchette et je la mets sans enthousiasme dans ma bouche.

Mes pensées reviennent à Liam et j'en parle à nouveau, mais Brooke m'arrête.

— Écoute, je t'ai dit que quelque chose n'allait pas avec nos parents. Je suis sérieuse.

— Qu'est-ce que tu racontes ?

Maman a toujours été une reine du drame et je me suis habituée à prendre tout ce qu'elle traverse avec du recul.

— Ils agissent de façon très étrange à propos de l'argent tout à coup, dit Brooke.

Je secoue la tête, pas sûre de ce qui a déclenché cette remarque.

— Mon propriétaire a appelé et m'a dit que mon chèque de leur part pour le loyer du mois dernier n'était jamais arrivé.

__Vraiment ?

— Ouais, j'étais censée avoir un paiement automatique et papa les faisait tous les mois.

— C'est peut-être juste une erreur comptable.

— Peut-être, mais quand j'ai vérifié mes relevés de carte de crédit, trois d'entre elles étaient en découvert.

— Ce n'est pas plutôt ton problème ça ? je demande.

— Non. Je suis souvent à découvert tous les mois, mais ils les remboursent toujours. Ils étaient d'accord et là y'a quelque chose qui cloche.

Je secoue la tête à la possibilité que mes parents aient des difficultés financières et dis :

— Non. Ça ne peut pas être vrai. Je veux dire, ils gagnent vraiment trop d'argent.

— J'imagine, dit Brooke. Mais je suis juste inquiète. Et s'il y avait quelque chose de grave et qu'ils ne nous l'avaient juste pas dit ?

C'est alors que je décide de céder et de lui parler de mes emprunts étudiants. Au début, j'allais garder ça secret, mais maintenant je me rends compte que ça ne sert à rien. Mes deux sœurs prennent de l'argent à mes parents. Principalement parce qu'ils en ont beaucoup et que nos emplois sont peu rémunérateurs. J'ai toujours été fière de vivre de mon propre argent et je le fais depuis longtemps, mais les intérêts de mes emprunts m'ont vraiment mis dans une impasse.

— Je ne peux payer le loyer, le paiement de la voiture et l'assurance, mes courses, *et* payer 1200 $ en emprunts étudiants chaque mois. Je ne gagne pas beaucoup.

— Non, je comprends totalement. Franchement, je ne sais pas comment tu gérais tout ça depuis le début. Je veux dire, ton appartement est assez merdique, tout comme ta voiture.

— Je sais. Je hausse les épaules. C'était important pour moi de voler de mes propres ailes.

— Tu devrais au moins les laisser payer tes frais de scolarité. Tu n'aurais pas le prêt qui te pèse.

J'acquiesce, me sentant idiote. J'essayais de prouver quelque chose, mais d'une manière ou d'une autre, après tout ce temps, j'ai oublié quoi.

— Quoi qu'il en soit, quand j'ai demandé à maman de m'aider avec mon emprunt, elle a dit qu'elle le ferait. Elle a dit qu'elle en serait heureuse. Elle n'a mentionné aucun problème financier. Tu l'as contactée quand ?

Brooke secoue la tête.

— Tu l'as contactée, non ?

Elle ouvre légèrement la bouche et bouge sa mâchoire d'un côté à l'autre. Elle baisse les yeux sur la table et les amène lentement vers moi. Le regard coupable sur son visage est difficile à manquer.

— Tu ne lui as pas parlé ? je demande.

— Non, je ne savais pas trop comment en parler. C'est pour ça que je voulais en parler avec toi.

— Brooke, sérieusement ?

— Écoute, tu sais que je n'aime pas gérer certaines choses qui me mettent mal à l'aise.

— Non, c'est tout à fait le contraire. Tu es toujours la seule à défier maman à propos de son point de vue sur les droits des femmes et de sa perception du physique que les femmes devraient et ne devraient pas avoir.

— Je sais, mais ces trucs sont faciles, dit-elle en agitant sa main sur mon visage.

Je souris puis ris. Comme toutes les sœurs, nous traversons des hauts et des bas, mais elle a toujours été confiante à l'extérieur. Elle est tellement extravertie qu'elle m'a permis d'oublier facilement qu'elle est encore assez jeune et inexpérimentée.

C'est peut-être plus que ça. Peut-être que, quand il s'agit de certaines choses, nous ressentons cela toute notre vie.

Après avoir débattu pour savoir si nous devrions ou non commander un dessert et plutôt au café et thé, je sors mon téléphone et nous décidons d'appeler maman ensemble.

— Comment ça va les filles ? demande-t-elle de sa voix énergique habituelle.

Elle allume immédiatement la caméra et nous la voyons se promener dans un magasin sur 5th Avenue. Ses cheveux sont immaculés, tout comme ses ongles et sa peau. Je ne vois que le haut de son chemisier, mais il a l'air de coûter probablement autant que mon loyer.

Après un peu de bavardage, je vais droit au but.

— Je me demandais simplement si tu étais sérieuse quand tu as accepté de payer mes emprunts ? je demande. Je sais qu'on en a parlé plus tôt et je voulais juste vérifier.

— Oui, bien sûr, dit-elle rapidement et nonchalamment en regardant une paire de chaussures à 2 000 $ sur une belle vitrine devant elle.

— Eh bien, la raison pour laquelle je demandais, c'est que Brooke vient de me dire que le chèque de loyer de son appartement a été rejeté.

— De quoi tu parles, chérie ? Maman fronce les sourcils, penchant la tête d'un côté.

— Tu n'étais pas au courant ? demande Brooke.

— Non, absolument pas.

— Ah d'accord. Eh bien, je ne sais pas ce qui s'est passé, mais mon propriétaire m'a contactée et m'a dit que le chèque n'était pas passé.

— C'est ton père qui fait tous ces paiements.

— Oui, je sais et je voulais juste vérifier avec toi s'il y avait un problème.

— Un problème ? Tu crois que parce qu'un chèque ne passe pas, nous avons soudainement tellement de difficultés financières que nous ne pouvons pas payer 3 000 $ pour ton loyer ?

— Non, ce n'est pas ce que je dis. Brooke recule rapidement. Il y a aussi mes cartes de crédit. Elles sont toutes à découvert, mais les paiements n'ont pas été faits.

— Papa s'occupe de ça aussi, chérie, dit maman et soudain sa voix devient incroyablement douce.

Je connais assez bien ma mère pour savoir qu'elle n'est pas étrangère aux mensonges. Elle n'est pas quelqu'un qui montre ses émotions et sa position par défaut est d'être très amicale et polie, surtout lorsqu'elle est frustrée ou agacée.

— Maman, on ne t'accuse de rien, on essaie juste de savoir ce qui se passe, s'il se passe quelque chose. J'essaye de clarifier les choses et de désamorcer la tension.

Cela semble fonctionner.

L'expression sur son visage se détend un peu et elle nous montre une paire d'escarpins qu'elle pense acheter. Ce sont des Jimmy Choos et alors qu'elle fait un panoramique avec la caméra, je vois une lueur du prix sur la boîte : 1 200 $.

— Super, dit Brooke, mais demande ensuite à voir la paire juste à côté de celles-ci.

Il y a toujours eu une sorte de compétition entre les deux pour savoir qui peut avoir la meilleure collection et les trouvailles les plus intéressantes. De toute évidence, le placard à chaussures de maman est beaucoup plus vaste, mais celui de Brooke est beaucoup plus excentrique et unique.

Lorsque maman choisit enfin la bonne paire et se dirige vers la caisse enregistreuse, elle dit :

— Je vais en parler à ton père ce soir. Comme vous le savez, il travaille très dur sur la nouvelle affaire et ça s'avère très coûteux. Ça continue à être retardé et le cabinet couvre tous les coûts du recours collectif depuis qu'ils leur ont refusé le financement du litige.

Les recours collectifs sont très coûteux et les cabinets d'avocats lèvent généralement des financements en travaillant avec d'autres cabinets et en répartissant les frais et avec des emprunts pour financer tous les experts et avocats nécessaires pour les amener au procès.

— Oh, whaou, alors il paie pour tout ? je demande.

— Oui, dit maman en secouant la tête. Lorsque les frères Meyer se sont retirés, votre père n'était pas content, puis Citi Bank a annoncé qu'ils ne seraient pas en mesure de contribuer au financement, ce qui a rendu tout très incertain.

Nous hochons tous les deux la tête en signe de sympathie.

— Quoi qu'il en soit, il n'y a pas de quoi
s'inquiéter. Votre père s'en chargera comme il
s'occupe de tout le reste. Les choses ont peut-être
pris un peu de retard, mais ça va rentrer dans
l'ordre. Il n'y a pas besoin de s'inquiéter de
quelque chose d'aussi stupide que ça.

3

EMMA

Après cette conversation, les inquiétudes de Brooke semblent être apaisées et elle ne reparle plus de ses finances. Bien sûr, c'est une mauvaise nouvelle que l'action en justice collective ne puisse pas être financée, mais l'entreprise a plus qu'assez d'argent dans ses coffres après une décennie de gain en toutes sortes, d'affaires gagnés et de règlements généreux.

Alors que mes soucis financiers se dissipent, mes inquiétudes au sujet de Liam augmentent.

Les jours passent sans que j'aie de nouvelles. Puis une semaine. Puis une autre.

Il ne répond à aucun de mes messages ou appels. Je lui écris même un e-mail, mais il n'y répond pas non plus.

Je ne sais pas quoi faire. Le dixième jour, je décide de confesser. J'écris un très long texte expliquant ce qui s'est passé. Je lui dis que l'histoire a été compilée à partir de mes notes et que je n'avais pas autorisé son impression. J'explique autant que je peux et je lis le texte plusieurs fois pour m'assurer qu'il est parfait.

Pourtant, pas de réponse.

Beaucoup de temps passe. À tel point que je ne sais plus quoi faire. Je le recherche en ligne et l'écris sur ses profils D. B. Carter, mais encore une fois, rien.

Une autre semaine plus tard, je décide de contacter sa sœur. Nous avons déjà parlé et je sais qu'elle veut renouer avec lui. Elle vient d'avoir un bébé et son frère lui manque.

J'appelle Kristen au téléphone et elle passe immédiatement en chat vidéo.

— Tu n'as pas eu de nouvelles du tout, je demande.

Kristen, une belle fille aux yeux profonds et intelligents, secoue la tête.

Je ne peux pas dire si elle ment. Je ne la connais pas assez bien, alors je décide de tout raconter.

— Comme tu le sais, on s'est rencontrés parce que je devais l'interviewer pour un article, mais ensuite le deuxième article est sorti sans que j'autorise sa publication.

— Comment ça ?

— En gros, j'ai envoyé mes notes à une amie et elle a tout raconté à ma patronne qui en a fait un article. Elles l'ont fait parce qu'elles savaient que je ne voulais rien imprimer.

— Elles peuvent faire ça ? Kristen s'inquiète. Je veux dire, légalement.

— Je n'en ai aucune idée. Mais l'histoire est sortie et je pense que la raison pour laquelle Liam ne me répond pas c'est parce qu'il pense que je l'ai trahi.

Je regarde les yeux de Kristen bouger d'un côté à l'autre pendant qu'elle lit et je sais qu'elle cherche les articles.

— Tu pourras les lire plus tard, dis-je enfin. Il faut que je le trouve. Tu es sûre de ne pas savoir où il est ?

Je n'en ai aucune idée. Elle lève les yeux de l'écran et l'expression de son visage tombe. Je vais pouvoir le trouver maintenant.

— Qu'est-ce que tu racontes ?

— Tu dis où il habitait. C'est une très petite ville, moins de cinq cents habitants. Il ne faudra pas un cerveau criminel pour trouver quelqu'un dans un endroit comme celui-là.

J'avale ma salive alors qu'une vague de culpabilité m'envahit. J'aurais aimé pouvoir faire quelque chose, mais quoi ? J'ai appelé sa sœur et maintenant quoi ?

— S'il te contacte, tu peux lui dire que je suis désolée ? Je sais que tout n'est pas de ma faute, mais d'une certaine façon si. Je n'aurais jamais dû écrire ces notes. Je n'aurais jamais dû les envoyer à mon amie. Je n'aurais pas dû le mettre autant en danger.

Kristen était celle qui m'a expliqué pourquoi Liam était parti en premier lieu. C'est elle qui m'a dit que son oncle était impliqué dans le crime organisé, plus un chef de mafia et que Liam avait fui et changé d'identité parce qu'il avait témoigné à son procès.

— Tu devrais être prudente, dit Kristen.

— Qu'est-ce que tu racontes ?

Elle incline la tête d'un côté, soutenue par sa main. Quelque part au loin, j'entends le bruit d'un moteur en marche et je vois le bébé dans la balançoire en forme d'œuf, se balançant d'avant en arrière, parfaitement endormi.

— Je ne devrais pas en parler, mais tu dois savoir. Les gens que Liam fuit sont sérieux et dangereux, mortellement dangereux. Ils ne jouent pas.

— Qu'est-ce qu'ils en auraient à faire de moi ?

— Tu es sa petite amie. Ils peuvent t'utiliser comme un outil pour l'atteindre.

— Mais je ne sais pas où il est.

— Alors, ils pourraient t'utiliser comme un appât.

Je secoue la tête, ne voulant pas croire ce qu'elle dit.

— C'est déjà arrivé. C'est pourquoi il était si prudent. Il t'a parlé de sa petite amie, Allison Shuman ?

Je secoue la tête.

— Ils étaient très amoureux. Ils étaient ensemble depuis environ un an. Puis il a témoigné au procès. Elle a disparu cette nuit-là, dès qu'il a témoigné. Au début, ils voulaient une rançon. Il leur a payé plus de cent mille dollars en espèces, mais ils ne l'ont pas rendue vivante.

— Comment ça ?

— Ils l'ont rendue en morceaux. Quelqu'un avait déposé la valise devant sa porte. Quand il l'a ouvert, il s'est rendu compte que c'était elle.

— Putain de merde, je murmure en couvrant ma bouche avec ma main.

— Bien sûr, ils n'ont jamais trouvé les coupables. Les caméras ne fonctionnaient pas à ce moment-là et mon oncle a nié toute responsabilité.

— Et la police ?

— Ils avaient leurs soupçons, mais ils n'avaient aucune preuve. Aucune empreinte digitale et aucune preuve vidéo de qui l'a déposée. Elle a juste disparu un jour, puis après le paiement de la rançon, elle a été renvoyée.

Je secoue la tête et ma bouche s'assèche. Je lèche mes lèvres et passe ma langue sur les morceaux secs, essayant de leur donner un peu d'humidité, mais cela ne fonctionne pas.

— Mon pauvre frère, poursuit Kristen. Il doit vivre avec le fait qu'il a payé pour que sa petite amie soit tuée et hachée. Il pensait que payer cette rançon la ramènerait, mais ce n'était pas le cas. Il l'a récupérée, mais morte.

— Je suis vraiment désolée, dis-je, en avalant durement et en sentant un chatouillement au fond de ma gorge, le début d'une toux.

— Je te dis tout cela parce que tu dois être intelligente. Ces articles te connectent à lui. Ces gens le veulent mort et s'ils ne peuvent pas le trouver, ils te chercheront. Merde, ils te cherchent sans doute dans tous les cas.

— Je ne sais pas où est Liam. Il ne me rappelle pas. Il ne me répond pas. Je ne sais même pas s'il reçoit mes messages. Peut-être qu'il a déjà changé de téléphone.

— Peut-être. Ça aurait été la chose intelligente à faire.

Je ne sais pas quoi dire. Je secoue la tête et essaie de formuler un plan, mais tout ce que je vois devant moi est une valise avec mon corps haché dedans.

— Tu dois prendre soin de toi, Emma. Liam est probablement parti depuis longtemps. La raison pour laquelle il ne te rappelle pas est qu'il ne veut plus avoir de connexion avec toi. Il y a des articles en ligne et il est coincé. J'espère qu'il a déjà un nouveau nom et une nouvelle vie ailleurs. C'est un gars intelligent. Il a toujours eu une bonne tête sur les épaules.

__Je dois lui présenter mes excuses, plaide-je. Je dois lui expliquer. C'était une erreur.

— Emma, dit Kristen en se penchant plus près de l'écran. Ce n'est plus ton histoire. Il t'en veut, mais c'est du passé. Il ne te contacte pas parce qu'il est en colère, il ne te contacte pas parce qu'il veut que vous viviez tous les deux.

Mon cœur s'enfonce dans mon estomac.

— Alors, qu'est-ce que je fais maintenant ? Je chuchote.

— Il faut tout oublier de lui. Tu dois continuer ta vie. Installe une caméra de sécurité et achète peut-être même une arme à feu. Ne marche pas seule la nuit et peut-être que tu devrais déménager dans un endroit où il serait plus difficile pour quelqu'un de te trouver.

Après avoir raccroché, je m'assois sur ma chaise et je regarde l'écran, ne sachant pas quoi faire. Par habitude, je prends des notes sur la conversation sur mon ordinateur portable.

Quand j'écris ce qu'elle a dit d'Allison Shuman, des frissons me traversent le dos. Je tape son nom sur Google et regarde les articles sur le corps mystérieux d'une femme hachée et placée dans un sac de sport, apparaître.

Au départ, elle n'a pas été identifiée et a été désignée uniquement comme une femme inconnue. Plus tard, quelques journalistes ont spéculé sur le lien entre Allison et l'homme chez qui elle a été déposée, bien sûr, rien n'était certain.

Il n'y a eu que des allégations. D'autres affirment qu'il serait ridicule pour lui de l'assassiner et de retrouver son corps à sa porte, mais cela ajoute néanmoins de la suspicion à son témoignage contre son oncle.

Un article sur lequel je tombe propose un extrait de la transcription du procès dans lequel Liam nie l'avoir tuée. Je ne vois les mots qu'en noir et blanc, mais je peux pratiquement sentir sa rage.

Comment osent-ils l'accuser d'avoir tué une femme qu'il aimait alors qu'*ils* l'ont fait ?

Comment osent-ils prendre la vie d'une innocente juste pour lui faire du mal ?

—————

4

EMMA

Le lendemain après le travail, je rentre tard. Je décide d'aller à la salle de sport à côté de mon bureau et de profiter de leur premier mois d'abonnement gratuit. Je sais que j'ai besoin de perdre du poids et je me néglige depuis assez longtemps. En plus, m'entraîner est un bon moyen de ne pas penser aux problèmes et c'est exactement ce dont j'ai besoin en ce moment.

Je cours sur le tapis roulant, puis je me dirige vers la section des poids. J'ai toujours été intimidée par cette zone, en grande partie parce qu'il y a beaucoup d'hommes ici qui soulèvent des objets lourds en grognant.

Heureusement, ce soir, l'endroit est désert. Je prends deux poids de dix kilos et fais des portées de biceps. Après trois bons sets, je fais une petite pause puis je les reprends. Quelle n'est pas ma surprise.

Je peux à peine les porter.

__D'accord, c'est trop, dis-je dans un souffle. Je passe à quelque chose de plus gérable et je fais quatre sets de qualité.

Je ne connais pas beaucoup d'exercices d'haltères, alors je regarde mon téléphone et j'en fais environ cinq autres, certains ciblant mes fessiers, d'autres mes abdominaux et mes épaules.

J'ai été inspirée par tous ces mannequins sur Instagram pour essayer l'haltérophilie, quelque chose que je n'avais jamais fait auparavant. Je ne suis pas une grande coureuse, mais je vais courir de temps en temps. Tout comme je ferai du yoga et du pilate à l'occasion, mais rien ne dure jamais vraiment.

Je sais que je ne suis pas en forme et je n'aime pas naturellement faire de l'exercice. Ça fait du bien.

Soudain, je me sens forte, puissante et plus confiante.

Je décide de faire un essai. Peut-être même de venir ici quatre jours par semaine. Ça ne peut certainement pas faire de mal. Au moins ça me donnera une heure où je peux éviter de penser à Liam et à tout ce que j'ai perdu.

Je prends mon sac dans le casier et regarde mon visage en sueur dans le miroir. Mon maquillage est pratiquement inexistant et mes cheveux sont mouillés et tirés en une queue de cheval haute. Mon visage est rouge betterave et rouge de sang, ce qui lui donne l'air rond et plein de quelqu'un de beaucoup plus jeune.

Les vestiaires sont assez agréables. L'éclairage est flatteur et pas du tout sévère, parfait pour un selfie. Les portes des casiers sont recouvertes de bambou, créant une atmosphère de spa. Quand j'ai visité la semaine dernière, le directeur m'a même montré qu'ils avaient un sauna à côté des douches. Je vais devoir l'essayer un jour, mais pas maintenant.

Je force ma veste sur mes bras moites, détestant la façon dont elle colle à ma peau nue.

J'ai eu de la chance avec le parking, après avoir trouvé une place à une rue de là, mais c'est le centre-ville de LA. Une fois que les bureaux ferment pour la journée, les magasins font de même et la ville se vide complètement.

Malgré les condos et les lofts qui ont été construits ici, cette partie de la ville est encore assez morte le soir et le week-end. Tous les clubs, les grands lieux de fête et les bars se trouvent dans l'ouest de LA, en commençant par Hollywood et en s'étendant jusqu'à Santa Monica et Venise au bord de l'océan.

Il y a quelques bars dans le coin pour accueillir la foule des bureaux, mais le plus proche est à environ un demi kilomètre.

Je tiens fermement mon sac à main et je marche dans la rue vide. Je passe devant le Coffee Bean, qui a parfois une file d'attente dans la rue le matin, avec une boutique, les lumières éteintes et les caméras de sécurité allumées.

Au loin, quelqu'un se dirige vers moi. Ma respiration ralentit et je me rends compte que je n'aurais pas dû aller à la salle aussi tard. C'est exactement ce que Kristen m'a dit de ne pas faire et ici je risque tout ça juste pour m'entraîner.

Heureusement, la personne au loin tourne au coin et disparaît hors de vue.

Quand je tourne à gauche au feu, je vois ma voiture et laisse échapper un petit soupir de soulagement. Je suis presque là.

Arrête de paniquer. Arrête de te rendre folle. Tu as déjà pris ce chemin un million de fois. Ce n'est pas parce que c'est arrivé à Allison que ça va m'arriver. Liam et moi ne sommes même plus ensemble. Il ne témoigne contre personne. Il n'y a aucune raison pour qu'ils me blessent.

Ces mots deviennent mon mantra et je me les répète encore et encore, mais je ne les crois pas. Bien sûr, j'ai quelque chose à craindre.

J'ai tout à craindre. Son ancienne petite amie a été tuée de la manière la plus brutale possible, juste pour lui envoyer un message. Qui peut dire qu'ils ne me feront pas la même chose ?

Juste par dépit.

Juste pour le punir de s'être enfui et de les avoir fait chercher.

Je me sens idiote. Naïve.

Pourquoi ai-je poursuivi cette histoire ?

Pourquoi l'ai-je publié ?

Pourquoi ai-je déjà pris des notes ?

C'est toujours passionnant quand une journaliste met sa vie en danger dans un film ou dans un livre, mais pas quand il s'agit de la vraie vie. C'est la réalité. Il y a des enjeux réels.

Je n'ai pas l'intention de me retrouver dans une valise à la porte de qui que ce soit. Je n'ai pas l'intention d'être le message de qui que ce soit.

Juste avant d'arriver à ma voiture, un homme d'une cinquantaine d'années, vêtu d'une veste en cuir, la tête couverte par un sweat à capuche surgit de nulle part. Il apparaît juste derrière moi et mon sang se refroidit de peur.

Je prends mes clés et les mets entre mes doigts pour essayer de les utiliser comme arme. Mon cœur saute un battement puis un autre. Je me retourne un peu pour lui faire face, plaçant mon dos contre le mur, pour être prête à toute attaque. Il accélère sa démarche. Il me regarde, puis détourne les yeux. Les mains enfoncées dans les poches de sa veste, on dirait un homme en mission. Je m'accroche et je tiens fermement mes clés entre mes phalanges, prête à frapper. Je sors ma main de ma poche et la laisse se balancer près de ma cuisse.

Quand il arrive juste devant moi, sa veste monte et je vois l'arme. Ce n'est que la poignée, mais elle est clairement nichée à l'arrière de sa ceinture.

Je m'arrête de bouger et je m'appuie contre la vitrine de Jamba Juice. Il avance et passe devant moi.

Il n'est pas après moi. C'est juste un étranger avec autre chose en tête, mais mes mains continuent de trembler.

Je me précipite vers ma voiture et ne lâche pas les clés de mon poing tant que je ne suis pas en sécurité à l'intérieur avec les portes verrouillées. Je veux rester ici pour toujours, immobile et semi-sûre, mais je sais que je ne peux pas. Je me force à démarrer et à rentrer chez moi.

Je ne trouve pas de parking près de chez moi. Je vis dans un quartier beaucoup plus accessible à pied et il y a beaucoup de gens qui se promènent, se dirigent vers le resto puis vont prendre un verre tard dans la nuit avec des amis.

Leur présence me détend et me met sur les nerfs. Je ne respire pas jusqu'à ce que je mette mes clés dans la porte et que je la verrouille deux fois de l'intérieur.

5

EMMA

Après une nuit longue et agitée, je décide de me rendre chez mes parents pour le week-end. J'ai besoin de m'éloigner d'ici et des pensées qui affligent mon esprit. J'envoie un texto à maman sur le chemin et elle me dit qu'elle sera de retour plus tard dans l'après-midi.

Quand je passe le portail et monte l'allée sinueuse, je suis entourée de vieux chênes étalant leurs branches dans toutes les directions.

Je jette un coup d'œil par la fenêtre, je regarde les collines sous moi qui entrent en collision avec l'océan. Les collines sont d'un brun doré, presque intactes et sauvages. La vue est magnifique. À couper le souffle.

Après un certain temps, on s'habitue et on prend ce paysage pour acquis, mais je ne suis pas venue ici depuis un moment et il me prend par surprise.

Le ciel au-dessus est d'un bleu vif, contrastant avec l'ombre légèrement plus profonde de l'océan en dessous. Je ne peux pas voir le rivage et il n'y a pas de vagues. L'océan Pacifique a l'air placide, à la hauteur de son nom.

Je me gare devant la maison dans l'allée circulaire entourant une haute fontaine achetée par mes parents lors de leur dernier voyage en Italie. Ma mère a dit que je comprendrais l'importance de rapporter des souvenirs d'endroits dont on tombe amoureux pour en profiter lorsque je serai plus âgée.

Elle ne parle pas souvent comme ça, mais quand elle le fait, je vois une autre facette d'elle. Quelqu'un de moins sévère et détaché. Je vois une personne avec qui je pourrais avoir une relation proche.

J'utilise ma clé pour entrer. Personne n'est à la maison. Ma mère a dit qu'elle et papa seraient de retour plus tard cet après-midi, mais je m'attendais au moins à voir la femme de ménage.

C'est presque surréaliste de marcher sur le sol de marbre et d'être seule dans ces centaines de mètres carrés.

Je dépose mon sac sur le premier des deux îlots de cuisine, tous deux dans un design cascade complémentaire. La pièce est impeccable, presque comme s'il s'agissait d'une salle d'exposition.

Ma mère reçoit cinq bouquets de fleurs fraîchement coupées chaque semaine à placer dans la maison et un bel arrangement est perché au milieu de la table circulaire de la cuisine. L'arrangement a quelques roses, mais aussi beaucoup de verts feuillus et de fleurs pointues et fusiformes dont je ne connais pas le nom. Je ne m'y connais pas en plantes en général. J'en ai quelques-unes à la maison s'accrochant à la vie, mais dans le passé, j'ai même réussi à tuer des cactus.

Je me dirige vers le salon et regarde le vaste océan Pacifique à travers les portes coulissantes en verre. C'est bizarre d'être de nouveau ici après ce qui s'est passé la dernière fois. Si ce n'était pas la maison de mes parents, je réfléchirais à deux fois avant de revenir ici car la douleur de ma fête de fiançailles est encore assez fraîche.

Je me souviens m'être tenue là-bas et avoir prétendu que tout allait bien. Je me souviens que je me tenais dans cet autre coin quand Alex et moi avons parlé en privé et j'ai essayé d'empêcher toute cette soirée de continuer.

Je fais glisser la porte et sors dehors, la brise fraîche de l'océan joue avec mes cheveux. L'air est plein de sel et d'humidité et mes cheveux commencent à friser. J'ai des cheveux assez lisses naturellement, mais bien sûr pas lisses comme quand ils sont lissés au fer. Bien qu'ils soient naturellement raides, ils ont tendance à onduler quand l'humidité de l'air augmente, en particulier au niveau de la nuque.

Je me dirige vers l'endroit où j'ai rencontré Liam pour la première fois et croise les bras sur ma poitrine. Je tends la main et m'attrape une épaisse mèche de cheveux qui s'enroule légèrement. Je la fais monter et descendre entre mes doigts, le tenant avec mon pouce et mon index puis l'enroulant entre mon annulaire et mon majeur. C'est une de mes habitudes. C'est quelque chose que je fais chaque fois que je me sens perdue, hors de contrôle ou incertaine.

Mes craintes d'être blessée se dissipent en rentrant chez moi, mais ce n'est pas tant le fait d'être dans le confort de la maison de mes parents, mais plutôt dans la sécurité de leur maison fermée, au bout de leur longue allée, avec leurs caméras et leur système de sécurité.

Je marche sur le pont arrière d'un côté à l'autre comme un lion en cage. Je laisse mes pensées flotter librement d'un sujet à l'autre, ne me concentrant sur rien.

Le vent se lève et je boutonne ma veste et la serre plus contre mon corps, mais je continue de marcher.

C'est différent d'être ici que chez soi. Je réalise maintenant que la sécurité que je ressentais dans cet appartement n'était qu'une illusion. Oui, j'ai des barres aux fenêtres, mais ce n'est pas une chose particulièrement rare dans les appartements de LA, surtout si ce n'est pas dans un quartier particulièrement agréable. Les barres me faisaient me sentir en sécurité. Il y a quelques bâtiments dans la rue qui n'en ont pas et, bien qu'ils aient l'air beaucoup plus beaux, je sais qu'il est également plus facile pour quelqu'un de s'y introduire.

Je ne veux pas donner l'impression que les cambriolages, les vols et les attaques sont une chose courante. Peut-être pour certaines personnes, mais pas pour celles que je connais. En général, la criminalité est en baisse et j'ai aimé vivre en ville en tant que femme célibataire. Je n'ai jamais eu à prendre plus de précautions que de simplement faire attention à ne pas rentrer trop tard le soir à la maison.

Bien sûr, tout a changé après avoir parlé à Kristen. Liam ne m'a jamais parlé de sa petite amie ou de ce qui lui était arrivé. Et bien sûr, je sais pourquoi.

On ne se connait pas encore très bien, malgré l'attirance et le lien émotionnel que nous avons construits. Il a des secrets qu'il doit garder et Allison était l'un de ces secrets, mais peut-être que ce n'était pas vraiment un secret. Peut-être qu'il n'a jamais eu le temps de me parler d'elle. Il y a tellement de choses sur sa vie que je ne sais pas et maintenant, avec mon article en cours de publication, j'ai peur de ne jamais savoir.

Bien que je ne me sois jamais sentie particulièrement en sécurité là où je vivais, après que Kristen m'ait prévenu de ce qui pourrait arriver, tout à coup, tous les paris étaient ouverts. Tout a changé depuis ce moment. Je n'ai jamais pensé que quiconque serait après moi à cause de mon lien avec Liam, mais s'ils le recherchent toujours, et s'ils savent mon importance pour lui, ils pourraient m'utiliser comme appât comme ils l'ont fait avec Allison.

J'ai lu tous les articles disponibles sur cette affaire, à plusieurs reprises, mais aucun ne m'a convaincue que cela serait un jour résolu officiellement.

Les tueurs savent qui l'a fait.

Kristen et Liam savent qui l'a autorisé. La police ? Ils peuvent avoir leurs soupçons, mais ils n'ont aucune preuve.

Il sera beaucoup plus difficile pour quiconque de me trouver ici ou du moins de venir me chercher ici. Ce domaine n'est pas exactement une

forteresse, car mes parents ne font pas quoi que
ce soit d'illégal, mais elle a de nombreuses
fonctionnalités qui protègent la vie privée de la
résidence. Je me sens beaucoup mieux ici que
dans mon propre appartement, sans parler des
rues du centre-ville de LA.

Que se passera-t-il lundi ? Je dois me rendre au
travail et avec les bouchons à LA, ça va prendre
des heures.

Une autre rafale de vent se précipite autour de
moi, me glaçant jusqu'aux os. Il ne fait pas
particulièrement froid, plutôt doux et même
chaud pour cette période de l'année si vous venez
de la côte Est, mais je porte un T-shirt, une veste
légère et des chaussures sans chaussettes. Ce
n'est pas assez.

Je retourne à l'intérieur pour réfléchir à tout ce
qui se passe dans ma vie.

Je prends une pomme dans le réfrigérateur et me
laisse tomber sur le canapé, enroulant le grand
plaid noir et blanc somptueux autour de moi. La
chaleur se répand en moi et je me sens un peu
mieux.

Je sors mon iPad de mon sac et au lieu de faire défiler les réseaux sociaux, j'ouvre un livre électronique. Je n'ai pas pu me concentrer sur un roman depuis longtemps, mais quelque chose m'y appelle et j'ouvre le dernier livre de D. B. Carter que j'ai téléchargé il y a quelques semaines.

C'est un tome unique, quelque chose d'inhabituel pour lui. Il écrit généralement en série, mais j'aime la fidélité de l'histoire et le fait de ne pas avoir à m'investir trop. Le texte de présentation a attiré mon attention et bien que je ne lise généralement pas ce genre de romans, l'angle de la romance m'attire et je décide de tenter le coup.

En plus, il me manque.

Si je ne peux pas lui parler et que je ne peux pas le voir, alors je peux au moins être avec lui dans son esprit et ses paroles. Ce sont les mots exacts qu'il a prononcés quand il les a écrits et maintenant, je les dis aussi, en les lisant à haute voix.

Après quelques pages, ma voix devient rauque et je me fais du thé, je me remets sur le canapé et je continue à lire. Une heure passe, puis une autre.

La meilleure façon de décrire son travail c'est de dire que c'est de la fantasy pour les gens qui n'aiment pas la fantasy. Ce n'est pas que les éléments fantastiques soient particulièrement limités, c'est juste qu'il écrit dans un style très simple et contemporain, presque minimaliste à sa manière, le rendant très accessible à quelqu'un qui n'aime pas particulièrement un langage élaboré et de nouveaux mondes détaillés.

Encore deux heures plus tard, alors que l'histoire est sur le point d'atteindre son paroxysme, ma mère arrive derrière le canapé, me faisant sursauter.

6

EMMA

— Oh mon Dieu ! Je sursaute.

Elle rit et pose ses sacs sur le comptoir. Elle est vêtue d'un pantalon noir et d'un gros pull bouffant, portant des talons aiguilles de 8cm.

— Comment tu vas ? demande-t-elle en jetant sa tasse Starbucks.

— Où est tout le monde ? Je n'ai vu personne depuis que je suis arrivée.

— Eh bien, comme je l'ai dit, ton père sera là plus tard. Il a dû se rendre au bureau.

— Oui je sais. Je parlais des femmes de ménage et des autres membres du personnel.

— On fait une pause, dit maman en haussant les épaules.

— Qu'est-ce que tu racontes ?

— Eh bien, ton père a d'abord voulu renvoyer du personnel parce qu'il a décidé qu'il voulait cuisiner tous les repas lui-même. Je n'ai pas compris, mais étonnamment, ça fonctionne plutôt bien. Il suit quelques cours et fais maintenant de la cuisine thaïlandaise et indienne plusieurs fois par semaine.

— Whaou, je n'avais aucune idée.

— Moi non plus. Maman rit en rejetant ses cheveux en arrière. On croirait qu'il n'aurait pas le temps de faire quoi que ce soit étant donné son emploi du temps dans cette affaire, mais entre toi et moi, je pense qu'il cherche un moyen de se détendre.

— Et les femmes de ménage ? Elles venaient ici deux fois par semaine.

— Oui. On a réduit un peu à deux fois par mois.

— Pourquoi ?

— Écoute, ça devenait ennuyeux d'avoir toutes ces personnes qui allaient et venaient dans la maison. Ton père et moi voulions passer du temps seuls.

J'acquiesce, ne la croyant pas vraiment, mais je décide de ne pas insister.

Elle se dirige vers le réfrigérateur et me demande ce que je veux manger pour le dîner. Il est rempli de restes. Il y a de la cuisine thaïlandaise et indienne ainsi que du saumon poché et un contenant entier de salade de chou frisé avec des canneberges et des pignons de pin.

— Ce sont toutes les créations de ton père, dit maman avec un sourire fantaisiste au coin de ses lèvres.

Au moment où nous décidons que nous devrions simplement prendre une collation et dîner avec papa quand il rentrera à la maison, maman reçoit un SMS.

— Il va travailler tard ce soir, chérie. Donc, ce sera juste nous deux.

Ce n'est pas si inhabituel que mon père travaille le week-end, mais ma mère semble déçue. Cela fait longtemps que nous n'avons pas mangé tous les trois ensembles et, dès qu'il annule, je suis un peu désolée, mais on fait avec.

Après quelques délibérations, nous décidons enfin que maman mangera de la nourriture indienne et moi la salade de noix avec une tasse de soupe miso de mon père. Je n'ai pas trop faim et j'essaie toujours d'être consciente de ce que je mange, mais c'est particulièrement difficile quand j'ai tellement de choses en tête.

Pendant que nous dînons et que nous remplissons l'air de bavardages, je débats avec moi-même pour savoir si je devrais lui parler de l'article et de Liam.

D'une part, il a déjà été publié et elle ne manquera pas de le découvrir d'une manière ou d'une autre.

D'un autre côté... Franchement, je ne suis pas sûre de ce qui me retient. Je peux toujours lui en dire une partie, en retenant la plupart des détails, comme le fait que je suis peut-être en danger, mais je ne lui dis rien.

— Tu sais, c'est une journée plutôt spéciale d'aujourd'hui, dit maman en nous versant un deuxième verre de vin.

— Comment ça ?

— C'est l'anniversaire de ma mère.

— Oh, whaou, c'est vrai.

J'avais complètement oublié ça. Je n'ai jamais rencontré ma grand-mère parce qu'elle est décédée quand ma mère avait dix ans.

Sa mort a eu un grand impact sur sa vie et chaque fois que mes sœurs et moi avons essayé de lui parler d'elle, elle reste très secrète.

— Et si on buvait un verre en son honneur ? demande maman. Elle aurait eu quatre-vingt-quinze ans aujourd'hui.

— Un grand nombre.

— Eh bien, tu sais qu'elle n'était pas particulièrement jeune quand elle m'a eue. Elle n'était pas sûre de pouvoir avoir des enfants et elle n'en a jamais vraiment voulu. Je pense qu'elle te ressemblait beaucoup là-dessus.

— Comment ça ?

— Eh bien, d'après mes souvenirs, mon père disait que c'était vraiment dans sa tête. Elle n'a jamais vraiment aimé sortir beaucoup et elle n'a jamais vraiment eu besoin d'interagir avec les gens. En fait, je pense qu'elle était épuisée par les gens ; ce qu'elle aimait faire, c'était lire. Alors, quand je suis arrivée et que je t'ai vue sur le canapé recroquevillée avec ton livre, ça m'a vraiment rendue très heureuse parce que je me suis dit que ma mère aimerait voir ça.

Elle essuie une larme de son œil. Je ne peux pas y croire. Je ne l'ai jamais entendue parler de sa maman, je ne l'ai jamais entendue dire grand-chose.

— Qu'est-ce qu'elle aimait faire d'autre ?

— Elle aimait nager. Elle adorait ça. Il y avait une piscine communautaire et elle adorait y aller. Elle m'a dit une fois qu'elle ne s'était jamais sentie aussi propre que dans la piscine. C'est probablement la raison pour laquelle j'étais tellement déterminée à faire construire cette piscine. Je voulais que ce soit parfait. Je sais qu'elle n'est pas avec nous et qu'elle ne peut pas savoir que j'ai une piscine, mais quand je nage dedans et regarde l'océan, au-delà des collines, ça me fait penser à elle.

Maman prend une autre gorgée de vin et une larme coule sur sa joue, mais elle l'attrape à mi-chemin.

— Ah ! Regarde-moi. Je suis tellement stupide.

— Non pas du tout. J'aimerais que tu m'en dises plus sur elle. Je ne sais rien.

— Je sais, mais c'est difficile pour moi de parler d'elle. Je l'ai perdue quand j'étais très jeune et elle avait cette force imposante. Je voulais être comme elle et puis elle est partie. Perdre ses parents quand on est enfant est un fardeau terrible. J'étais sur le point de devenir une femme et je ne savais pas vraiment comment le devenir sans elle.

Je m'assois dans ma chaise et je réalise soudain que ma bouche est grande ouverte. Je la ferme et me lèche les lèvres, essayant d'agir comme si ce que j'entendais n'était pas du tout étonnant.

Le truc, c'est que ma mère ne parle pas comme ça. Ni maintenant, ni jamais. Elle est polie et bien organisée et elle agit comme si elle n'avait jamais de problème, du moins pas visibles à l'œil nu.

Quand j'étais jeune, je pensais qu'elle était Wonder Woman. J'ai vu d'autres mères pleurer et hurler, et j'admirais ma mère de ne pas être faible comme ça.

Puis je me suis rendue compte qu'être ainsi la rendait presque absente. Ce n'est pas que je voulais qu'elle soit émotive, c'est que je voulais qu'elle me dise quelque chose de vrai. Je voulais qu'elle me montre de la vulnérabilité et puis soudain, aujourd'hui, elle le fait.

— D'accord, ne devient pas émotive et ne me fais pas regretter de t'avoir dit quoi que ce soit, dit maman après un moment.

— Promis, dis-je en retenant mes larmes. Dis-moi quelque chose d'autre.

— Elle m'a parlé d'avoir des enfants. Elle a dit qu'il devait y avoir quelque chose de plus dans la vie d'une femme que ses enfants, mais une fois que vous avez des enfants, on peut oublier.

J'acquiesce en pensant à la vie de ma mère.

Elle s'est dévouée à nous, est restée à la maison, a assisté à tous les matchs et récitals et a présidé l'Association des parents d'élèves.

— J'aurais dû écouter ses conseils. Elle savait de quoi elle parlait.

— Ah bon ?

— Eh bien, parfois je pense à ma vie et je me demande ce qui aurait pu être différent.

— Tu as une belle famille, maman. On t'aime tous beaucoup.

— Je sais, intervient-elle.

— S'il y a quelque chose que tu penses devoir faire, fonce et fais-le. Je l'interromps en retour. On est là pour toi. On veut que tu vives ta meilleure vie, même si ce dicton est banal. Tu es jeune. Tu as le luxe du temps et de l'argent. Pourquoi pas ?

Je ne parle jamais à ma mère de cette manière. On a presque l'impression qu'elle est une amie. Je ne lui ai jamais parlé de ses espoirs et de ses rêves, principalement parce qu'elle n'a jamais été aussi vulnérable avec moi auparavant. En fait, c'est probablement la première fois que je me sens proche d'elle comme d'une vieille amie.

Je ne sais pas exactement où elle veut en venir et quand j'insiste, elle ne clarifie pas. Elle dit qu'elle admire mon travail et à quel point je suis passionnée par ce que je fais et qu'elle veut quelque chose comme ça pour elle-même. Je lui fais un câlin chaleureux.

Papa rentre à la maison un peu plus tard au moment où nous terminons un épisode d'une émission sur Netflix. Ils sont tous les deux un peu éméchés. Après une petite conversation, il se dirige directement vers son bureau. Il se fait tard, mais je sais qu'il va travailler encore quelques heures avant d'avoir fini.

— Hé, est-ce que j'interromps quelque chose ? je demande en frappant à sa porte.

— Non bien sûr que non. Entre, entre.

— Comment ça se passe ?, je demande.

— Je suis occupé. Un gros dossier. Beaucoup de témoins experts. Pas assez de temps pour vraiment se préparer.

— Il n'y a jamais assez de temps pour se préparer, plaisanté-je.

— Jamais. Il se dirige vers le bar au fond de son bureau et se verse un verre de bourbon.

Il m'en propose un, mais je lui montre que j'ai toujours mon verre de vin.

— Alors, quand vas-tu abandonner toute cette folie et venir me rejoindre au cabinet ?

La question me prend par surprise, même si elle ne devrait pas. C'est quelque chose dont il plaisante toujours, mais à moitié, bien sûr.

— Tu sais que je n'ai pas fait de droit, non ?

— Je sais, je sais, dit-il en agitant la main. Tu es la personne la plus intelligente que je connaisse et je déteste le fait que tu perdes ton temps à écrire.

— L'écriture est importante.

— J'imagine. Mais la loi est l'écriture mise à profit.

J'acquiesce. J'ai déjà entendu tout cela.

— Comment ça se passe ? demande-t-il.

J'ouvre la bouche pour lui parler de l'article, mais j'hésite.

Il n'a jamais été quelqu'un avec qui je pouvais parler librement de mes problèmes parce qu'il a tendance à être le genre de personne proposant des solutions plutôt que de simplement hocher la tête et écouter.

Je n'ai vraiment pas besoin de solution. J'ai besoin que quelqu'un soit là pour m'écouter. J'ai besoin de me défouler. De plus, ses solutions ont tendance à tourner autour du fait d'abandonner l'écriture, ce qui n'est pas vraiment une option.

— Combien de temps restes-tu ?

— Pour le week-end, si ça va.

— Bien sûr, reste aussi longtemps que tu le souhaites. Je ne sais pas comment tu vis dans ton petit appartement.

J'aime bien.

Il secoue la tête et dit :

— Non, non.

— Qu'est-ce que tu racontes ?

— Je suis juste objectif.

— Comment ? Tu nies complètement le fait que je pourrais réellement aimer mon appartement.

— Je suis juste honnête et tu ne l'es pas, dit-il en prenant une gorgée de son verre puis en le posant sur la table.

J'aime avoir ces échanges avec mon père. On dirait un peu une danse. Il me défie, me mets face à mes contradictions. Je détestais ça quand j'étais enfant, mais maintenant je sais que je c'est quelque chose qu'il ne fait qu'avec des personnes qu'il considère égales.

— Alors, tu crois que je mens ?

— Je sais que tu mens.

— Je sais que c'est petit, mais c'est confortable.

— C'est petit, sombre et entouré de béton sans vue.

— Eh bien, tout le monde ne peut pas se permettre un endroit comme celui-ci.

— C'est une toute autre conversation, dit-il en s'asseyant sur sa chaise. Ce n'est pas de cela dont nous parlons.

Je penche la tête en arrière et souris.

Encore une fois, j'envisage de lui parler de Liam et de tout ce qui s'est passé, mais quand il commence à parler de son cas, je décide de rester silencieuse.

Au lieu de cela, je pense aux bouchons et aux horribles déplacements auxquels je vais devoir faire face lundi et au fait que ce serait peut-être une bonne idée d'acheter une arme à feu.

PLUS TARD DANS LA SOIRÉE, seule dans ma chambre, je m'allonge dans le lit et j'essaye d'élaborer un plan. J'ai besoin de le trouver. Les choses entre nous sont tellement irrésolues et même si nous ne nous parlons plus jamais, j'ai besoin d'une conclusion. J'ai besoin de savoir que c'est la fin. J'ai besoin de savoir que nous voulons des choses différentes. Mais est-ce le cas ?

Je ne sais pas ce que je veux.

La seule chose que je veux, c'est qu'il me pardonne.

La seule chose que je veux, c'est avoir la chance d'expliquer ce qui s'est passé.

Je prends mon téléphone et je me rends compte que je n'ai aucune photo de nous ensemble. C'est presque comme si notre relation n'existait pas vraiment.

Puis-je mêm »e appeler cela une relation ?

Bien sûr, c'est à jamais commémoré dans un article qui vivra sur Internet pour toujours, mais il n'y a pas de photos de nous et j'aurais aimé qu'il y en ait.

— Eh, tu fais quoi ? Un texto apparaît sur mon écran. Ça vient d'Alex.

— Qu'est-ce que tu veux ? je réponds.

— Je veux juste voir comment tu vas.

Je réponds après une pause :

— Heureuse d'être célibataire.

— C'est méchant.

— Me tromper était méchant. Je suis juste honnête.

Je ne sais pas où Alex va avec ce texto, mais j'ai mes soupçons. Il m'a contacté plusieurs fois et je sais qu'il veut que je lui donne une autre chance, mais je ne peux pas. Alex et moi, c'est fini. Je me rends compte que c'est un menteur et que je n'aurais jamais dû lui faire confiance.

En pensant à lui, il me vient soudainement à l'esprit qu'il y a une forte possibilité que Liam pense à moi de la même manière. Et s'il ne me considère que comme une erreur ? J'ai menti plusieurs fois, mais lui aussi.

Là encore, il n'avait aucune obligation de me dire la vérité. Il savait que j'étais journaliste et il cachait sa véritable identité.

Je serre mes mains en poings. Soudain, je suis tellement en colère contre moi-même pour tout ce qui s'est passé. J'ai l'impression que toutes mes interactions avec lui ont été construites sur du sable et que je ne pourrai jamais m'en remettre.

Comment vais-je continuer ? Comment avancer et vivre ma vie sans lui ?

Ça ne devrait pas poser de problème, e dis-je.

On ne se connaissait pas très bien et pourtant, j'ai l'impression que le monde pourrait s'effondrer si je ne le revois plus. J'ai l'impression qu'il est peut-être la seule personne qui n'ait jamais eu un sens pour moi.

Le lendemain matin, je trouve le numéro d'Harvey Durand et lui passe un coup de fil. C'est l'enquêteur privé avec qui Corrin m'a dit de me mettre en contact pour m'aider à découvrir des trucs sur Liam.

Harvey veut immédiatement discuter par vidéo pour que nous puissions nous voir en face à face. Je ne m'attendais pas à cela et je me sens un peu mal habillée et mal préparée, répondant à l'appel sans même un peu de maquillage.

Je regarde mon expression dans la petite vidéo à l'extrême droite. J'ai l'air pâle. Mes sourcils sont incroyablement fins. Je les remplis généralement un peu avec du gel, mais ce matin, il me voit sans. Mes cheveux sont jetés et collés à un côté de ma tête d'une manière sale.

D'un autre côté, Harvey a l'air confiant et bien organisé. Il a la quarantaine et sûr de lui. Ses cheveux noirs encadrent son visage et ses grands yeux profonds.

Je le mets à jour sur tout ce qui s'est passé. Il n'est pas nécessaire de cacher quoi que ce soit puisque les deux articles sont disponibles et ils contiennent presque tous les détails.

Je considère ce fait pendant un moment pendant que je lui raconte l'histoire. Les articles contiennent des faits, mais ils ne capturent pas l'essence de ce que c'était que d'être là. Ils ne captent pas mes émotions, ni les siennes, ni ces étincelles qui ont rebondis entre nous et nous ont empêchées de nous éloigner.

Si j'avais écrit quelque chose de tout cela, ils n'auraient probablement pas été publiés, ce qui signifierait que Liam serait toujours là. L'ironie de cela ne m'est pas invisible.

En parcourant l'histoire, je regarde la façon dont Harvey hoche la tête, se penchant plus près de l'écran. Il est vêtu d'une veste en cuir et le bureau autour de lui semble léger et anonyme. Il y a une fenêtre d'un côté, mais le mur du fond n'a absolument aucune décoration. Juste des dossiers et des papiers et des bibliothèques en métal. Il prend des notes et écoute attentivement, puis les lit avant de m'interroger sur Matt.

J'avais enterré l'histoire de Matt Lipinski, faisant de lui une sorte de détail, mais il saute immédiatement dessus et l'explore.

— Je ne suis pas d'accord. C'était juste le nom de quelqu'un sur le forum. Je doute que ce soit réel.

— Oui, moi aussi, mais je vais vérifier quand même. Il demande également l'adresse web et je lui envoie.

— Laissez-moi passer en revue tout ce que vous m'avez donné et je vous contacterai.

7

EMMA

Je me lève tôt le lundi suivant pour supporter les deux heures de trajet vers le centre-ville de LA. Sans circulation, le trajet peut durer trente minutes, mais étant donné que je dois être là en même temps que tout le monde, je dois me donner beaucoup de temps.

Il y a une collision sur la 405, fermant l'une des voies, mais il fallait s'y attendre. Il y a toujours des accidents et c'est en partie ce qui rend la circulation si dangereuse. Je suis armée d'un livre audio et d'une collection de podcasts que je voulais écouter depuis un moment. Habituellement, je fais cela au travail, mais aujourd'hui, ils me tiennent occupé sur le trajet.

Je laisse mes affaires chez mes parents et je compte rentrer ce soir, après un autre trajet difficile.

J'avais prévu de parler à mes parents de leur situation financière ce week-end, mais je me suis dégonflée. Ça a toujours été un sujet difficile, mais lorsque les choses se sont améliorées et qu'ils ont acheté cette maison à Calabasas, ils ont commencé à être beaucoup plus ouverts à ce sujet. Maintenant, cependant, je sais que quelque chose ne va pas et qu'ils ne veulent pas en parler.

Je décide que je vais le faire cette semaine après que ma mère et moi ayons encore quelques conversations à cœur ouvert. C'était tellement agréable de communiquer avec elle à ce niveau et ça s'est reproduit lors de notre sortie pour déjeuner dimanche. Il me semblait que, pour la première fois depuis longtemps, elle avait arrêté de porter un masque et était vraiment devenue la vraie personne que je sais qu'elle est.

Dès que j'arrive au bureau, l'assistante de Corrin m'appelle et me dit qu'elle veut me voir. J'essaie de m'en sortir en disant que j'ai du travail à faire et que j'aimerais reporter à plus tard dans la matinée, mais elle ne prend pas non pour réponse.

— Tu voulais me voir ? je demande en frappant à la porte. Corrin lève les yeux de son écran d'ordinateur et me dit de fermer la porte derrière moi.

— Nous avons un problème, dit-elle en croisant les mains.

— Qu'est-ce que tu racontes ?

— Mauvaise nouvelle, dit-elle en haussant un sourcil et en me fusillant du regard. Tu as vu l'histoire dans les journaux ?

— Quelle histoire ?

— Celle qui te concerne, dit-elle sans cligner des yeux.

Je veux reparler du fait que je n'ai jamais voulu publié le deuxième article ou plutôt qu'elle l'a publié sans mon consentement, mais j'ai laissé tomber.

Elle trouve les histoires sur son ordinateur et me fait signe. C'est là que je vois les gros titres et que je regarde le texte.

Ma bouche s'ouvre. Ça ne peut pas être vrai.

— Ils se trompent, dis-je lorsque je retrouve enfin la capacité de parler. Tout ce que j'ai écrit est vrai. Tout ce que j'ai découvert sur lui et tout ce qui c'est passé est vrai. J'ai mes notes.

— Tu vas en avoir besoin, dit Corrin en secouant la tête.

Je sais qu'elle doute de moi. Le Washington Post et le Boston Globe sont des journaux sérieux. Ils ont des *fact checkers*, ce qui signifie qu'ils ont des gens qui examinent chaque fait pour s'assurer qu'il est vrai et exact. Si quelqu'un est cité, alors ces mots sont vérifiés et revérifiés.

— Tout ce que j'ai, ce sont mes notes.

— Tu as fait des enregistrements ?

— Non, je secoue la tête. Il ne voulait pas être enregistré. Il n'a jamais voulu de cet article. C'est pourquoi je ne voulais pas que ce deuxième article sorte.

— J'ai le sentiment que tu ne voulais pas que ça sorte parce que rien n'est vrai.

Je secoue vigoureusement la tête d'un côté à l'autre.

— C'est très sérieux, Emma. Je ne pense pas que tu comprennes ce qui se passe réellement ici.

J'ouvre la bouche pour dire quelque chose, mais elle met son doigt en l'air et je la laisse continuer.

— Le vrai D. B. Carter a parlé à ces deux journalistes distincts dans ces deux journaux distincts très bien établis et leur a dit que tu avais tout inventé. Ils t'exposent en menteuse et ils exposent ce magazine comme quelque chose qui n'est rien de plus qu'un chiffon à ragots. C'est exactement le contraire du changement de marque que je voulais faire. Maintenant, avec tout ça, ils ne vont jamais nous prendre au sérieux.

— Je ne sais pas quoi dire. Je n'ai aucune idée d'où ça sort.

— Tu m'as menti à propos de D. B. Carter, annonce-t-elle. Ma question est de savoir

comment tu as convaincu Harvey de jouer le jeu
?

Je regarde le sol, puis joue avec mes doigts.

— Emma ? dit-elle en penchant la tête.

— Je n'ai pas parlé à Harvey, dis-je doucement,
ma voix se brisant.

— Qu'est-ce que tu racontes ? Tu as revérifié ton
histoire ?

— Je viens de le contacter, mais je ne l'ai pas fait
avant.

— Alors, tu as juste fait confiance à ce type qui a
dit qu'il était cet écrivain ? Je ne peux pas croire
que tu ferais ça, Emma.

— Il ne mentait pas. C'est faux. C'est faux !

— C'est vrai. Le vrai D. B. Carter est sorti de sa
cachette et a donné des interviews à ces
journalistes et leur a dit que tu avais tout
inventé. Il leur a montré ses manuscrits. Il leur a
montré son travail. Soit tu as menti, soit tu t'es
fait avoir.

Ma tête commence à bourdonner. Un bruit sourd de sang se déplace entre mes tempes, j'ai du mal à entendre.

— Je ne sais pas quoi faire. Je ne sais pas comment faire disparaître tout ça. Je ne sais pas par où commencer. Tout ce que je sais, c'est que D. B. Carter ne m'a pas menti et que tout dans ces articles est vrai.

— C'est pour ça que tu ne voulais pas que je publie le second ? Parce que tu savais que tu mentais et que tu allais te faire prendre ?

— Tout dans les articles est vrai, dis-je lentement. Je ne voulais pas que tu publies parce que ça mettrait sa vie en danger.

— Non, je ne pense pas, dit Corrin, secouant la tête et tenant son stylo entre ses doigts comme si c'était une cigarette.

Elle l'utilise pour me faire un geste, ponctuant son propos.

— Il est temps pour toi de partir. Prends tes affaires et sors d'ici.

— Attends, je commence à dire, mais elle détourne sa chaise de moi.

— Je ne veux pas entendre un autre mot de ta bouche, dit-elle avec dédain. Quitte mon bureau.

Avec sa chaise tournée face à la fenêtre, je recule et ouvre lentement la porte. Je la referme derrière moi, incertaine de la suite.

Qu'est-ce que je fais maintenant ?

Dois-je tout récupérer sur mon bureau et rentrer chez moi ?

Comment expliquer ce qui s'est passé ?

Comment les amener à me croire ?

Quand je reviens à mon bureau, je trouve les articles sur mon téléphone. Ils déclarent tous les deux que j'ai inventé l'histoire et l'affaire sexuelle pour la rendre plus épicée dans l'espoir d'obtenir un contrat de publication.

D. B. Carter est cité comme disant que nous ne nous sommes jamais rencontrés et bien qu'il aime garder sa vie privée, il enfreint cette règle une seule fois pour faire cette déclaration publique et dissiper les incertitudes.

Je serre les mains et je veux frapper quelque chose et crier. Au lieu de cela, je crie silencieusement dans mon propre esprit, fermant les yeux aussi étroitement que possible. Quand je les ouvre, je vois un garde de sécurité qui me tend une boîte en carton.

— Pour quoi faire ?

— Pour récupérer vos effets personnels. Mademoiselle Matthews m'a dit que vous ne travaillez plus ici et que je vous escorterai.

Je ne travaille plus ici. Ses paroles résonnent dans mon esprit. Il n'utilise pas le mot « virée », c'est probablement trop incendiaire. Il vaut mieux choisir un ton passif et un langage passif, mais cela ne le rend pas la chose moins réelle.

Il me regarde attentivement pendant que je récupère mes affaires. Quand je passe devant l'ordinateur pour prendre quelque chose derrière, il me dit de le laisser. Il ne veut pas que je le touche. Heureusement, je travaille généralement sur mon propre ordinateur portable et toutes mes notes ainsi que tout ce qui concerne mon histoire y sont stockées.

Je vide le placard, principalement des stylos et des papiers qui doivent aller directement à la poubelle. Je prends ma plante « succulente » que j'ai reçue la semaine dernière et la place sur le dessus de la boîte.

Juste comme ça, ma vie ici est finie.

Je marche dans le couloir en tenant ma boîte devant moi, parfaitement consciente que tout le monde regarde ou détourne les yeux pour s'empêcher de regarder.

Avec mes épaules inclinées vers le bas, j'ai le poids du monde sur moi. Lorsque l'agent de sécurité appuie sur le bouton, quelque chose change. Je laisse tomber la boîte sur le sol et me dirige vivement vers le bureau de Corrin.

— Ce n'est pas juste, dis-je en ouvrant sa porte avec tellement de force qu'elle claque contre le mur.

Corrin saute de son siège et la porte bascule vers l'arrière et entre en collision avec ma paume ouverte.

— Tu ne sais pas ce que je peux faire, Emma. Tu as fait la pire chose qu'un journaliste puisse faire.

— Je n'ai rien fait, dis-je sévèrement. C'est un mensonge et tu le sais. Quelqu'un essaie de ruiner ma réputation.

— Ils ont des citations du vrai D. B. Carter. Ils ont vu son identité. Ils lui ont parlé en personne. Ce sont deux grands journaux qui ne publient pas de fausses histoires. Je ne peux rien faire.

— Je n'ai pas fait ce dont on m'accuse, plaide-je. Tu dois me croire.

Quelque chose change dans le comportement de Corrin. Son regard sévère se détend pendant un moment et je pense presque qu'elle pourrait avoir pitié de moi.

— Je crois que tu as parlé à quelqu'un que tu pensais être D. B. Carter dit-elle avec un soupir. Le problème est que ce n'est pas lui et que tu devrais avoir vérifié tes sources.

Je secoue la tête, essayant de garder la colère qui monte en moi à distance.

— C'est pour ça que je t'ai donné les coordonnées de cet enquêteur privé. Il est très bon. Il aurait trouvé le bon D. B. Carter et pas un imposteur.

— Il m'a montré ses notes. J'ai vu les livres. Je l'ai vu travailler.

— Écoute, je suis vraiment désolée pour tout, dit Corrin. Je sais que tu traverses beaucoup de choses dans ta vie personnelle avec l'annulation de tes fiançailles et tout ce que tu as vécu avec Alex. Ce n'est pas que je ne compatis pas au contraire je compatis. J'ai juste beaucoup de dégâts à réparer. Ça ne donne pas une belle image de notre magazine et je ne peux plus te faire travailler ici.

— Je sais que tu penses qu'il a menti, mais ce n'est pas le cas. J'ai mes notes et je sais ce que j'ai vu. Ces histoires sont fausses. Celui qui leur a parlé ment.

— Tous les faits ont été corroborés, dit Corrin, le ton de sa voix évoluant rapidement vers une désapprobation familière.

Elle n'essaye plus de me faire comprendre. Maintenant, elle veut juste que je parte. Sa décision est prise.

Eh bien, pas si vite. Nous aurons fini d'en parler quand j'aurai fini d'en parler et que j'ai autre chose à dire.

Le gardien de sécurité derrière moi s'éclaircit la gorge et se rapproche de moi. Elle hoche la tête dans sa direction et je sais qu'il ne me reste plus beaucoup de temps avant qu'il m'attrape et m'escorte hors d'ici.

Je m'approche de quelques pas et me penche sur son bureau.

Je jette mon doigt sur son visage et lui dis :

— Tu n'aurais pas dû imprimer cet article en premier lieu. Tu savais que c'étaient mes notes personnelles. Tu savais qu'elles n'étaient pas destinées à être imprimées. Tu savais qu'il y avait des choses dans cet article qui n'auraient pas dû voir le jour et tu l'as fait de toute façon. Eh bien, tu sais quoi, je suis contente que les choses se soient déroulées comme ça. Je suis contente que tu ais à retirer une histoire que tu n'aurais jamais dû imprimer. Peut-être que ça t'apprendra une leçon ou deux sur le fait de faire des trucs dans le dos des gens et de faire ce que tu veux.

Je tourne sur mes talons et m'éloigne la tête haute. Le silence dans le bureau est assourdissant et j'entends presque « *R-E-S-P-E-C-T* » d'Aretha Franklin jouer en arrière-plan comme bande-son de mon défilé.

C'est alors qu'ils commencent à applaudir.

Shelby est la première à joindre ses mains, mais tout le monde suit rapidement. Les applaudissements sont de plus en plus forts alors que les larmes remplissent mes yeux et que je monte dans l'ascenseur.

8

LIAM

Je m'enfuis dès la sortie de l'article.

C'est une décision impulsive, mais je m'y prépare depuis quatre ans. Mon sac est déjà fait et j'y jette quelques autres objets personnels, attrape mon chien et commence à conduire.

Avant de quitter Joshua Tree, j'ai déjà téléphoné à quelques personnes de la ville qui prendront soin de mes chevaux et de mes animaux dans un avenir proche.

Tout cela avait déjà été arrangé. Je n'étais pas sûr de quand ce jour allait venir, mais je savais qu'il viendrait sans doute et que je devrais agir vite.

L'aspect positif de se cacher dans une petite ville, en particulier dans l'ouest où il n'y a pas un flux constant de personnes qui entrent et sortent, c'est que personne ne vous soupçonne d'être autre chose que ce que vous prétendez être. Le problème avec une petite ville est que les gens savent qui vous êtes et qu'il serait assez facile pour un inconnu de vous y trouver.

Même si je savais que ce moment arrivait et que je m'y étais préparé, je suis quand même sous le choc et m'en remets très lentement.

J'ai emballé ma vie dans quelques valises et pris tout ce qui était important, mais il est toujours difficile de quitter un endroit où je me sentais chez moi pendant si longtemps.

Je me suis habitué à vivre dans le désert. J'adore les grands espaces. J'adore être entouré par la nature, par le ciel bleu éclatant et les trois cent cinquante jours de soleil. Je ne sais pas où je vais et bien sûr je peux rester dans le sud-ouest.

Ce n'est pas hors du domaine des possibilités. Il y a l'Utah et le Nevada et même d'autres régions du sud de la Californie.

Je monte sur la I-10E en direction de Blythe, en Californie, à la frontière avec l'Arizona. Je n'ai pas de plan fixe ni même une idée de l'endroit où je vais. J'ai fait beaucoup de préparatifs pour m'assurer de pouvoir décoller dès que j'en avais besoin, mais j'ai peu réfléchi aux plans pour savoir où j'irais.

J'espérais que quelques heures de route m'éclairciraient la tête, mais quand je vois le panneau indiquant Phoenix, je ne suis pas plus sûr de ma nouvelle vie que je ne l'étais plus tôt ce matin.

D'accord, assez conduit. J'ai besoin de changer de tactique, me dis-je.

Je monte dans un Starbucks et au lieu d'aller au drive, je sors de la voiture et je rentre dans le café. Après avoir commandé un café au lait, je prends place et ouvre mon ordinateur.

La conduite peut rendre les décisions plus faciles, mais il en va de même pour l'immobilité. Dans ce cas, je pense que m'asseoir et rester immobile tout en travaillant réellement sur un plan pourrait être utile.

J'ai relu son article, cette fois avec un esprit plus sain. Je comprends les mots, mais ils n'ont pas beaucoup de sens.

Pourquoi publierait-elle tout cela ?

Pourquoi me trahirait-elle ainsi ?

Je savais qu'elle voulait faire avancer sa carrière, mais je ne savais pas qu'elle irait aussi loin.

Et ce que nous partagions ?

Était-ce juste un mensonge ?

Était-ce juste le fruit de mon imagination ?

On dirait. Peut-être que ce nous avions n'était qu'un jeu, un moyen pour elle d'obtenir ce qu'elle voulait. Je ne le pensais pas vraiment, mais maintenant je n'en ai aucune idée.

Pourtant, assis ici, je me rends compte que je me cache depuis trop longtemps. J'ai commencé une nouvelle vie et une nouvelle identité, mais ce n'est pas une façon de vivre. La meilleure chose à faire est peut-être d'aller trouver mon oncle et de lui parler d'homme à homme.

Rien que d'y penser me fait transpirer froidement dans le dos. Mon oncle est à la tête de l'une des organisations criminelles les plus rentables et les plus prospères du Nord-Ouest. Il est intelligent et rusé et je l'ai trahi de toutes les manières possibles sauf pour éventuellement coucher avec sa nouvelle femme.

J'ai témoigné contre lui au tribunal. J'ai été élevé dans une famille où parler aux autorités est considéré comme un péché.

Bien que je n'ai jamais été directement impliqué dans son organisation, pas même en tant que muscle de bas niveau, tout le monde a juré de garder le secret, même ceux d'entre nous qui en savaient très peu.

Dans ma famille, c'était pire d'être un mouchard, un rat, que d'être mort.

Donc, ma décision de témoigner contre lui était quelque chose que je n'ai pas pris à la légère. Je l'ai fait parce que je n'avais pas le choix. Je l'ai fait en guise de rétribution pour ce qu'il a fait à mon père.

C'est une longue histoire, bien sûr, mais je crois que j'ai le temps. Mon ancienne vie et mon ancienne identité ont disparu, tout comme ma nouvelle vie. L'article d'Emma m'a exposé d'une manière qu'elle ne saura jamais. Il y a des tueurs à gages qui travaillent pour mon oncle qui sont maintenant après moi.

Il a juré de me faire tuer pour ce que j'ai fait et je suis certain qu'il a l'intention de tenir cette promesse.

A moins que je fasse quelque chose.

Je n'ai jamais fait partie de l'organisation, mais j'étais de la famille et cela signifie que je devais respecter les mêmes règles que tout le monde. Bien sûr, je ne savais pas grand-chose de ce qui se passait, mais je savais certaines choses.

J'ai gardé le secret pendant un long moment, mais ensuite il a tué mon père et tout a changé. Mon père était son bras droit. Mon père était son jeune frère et il faisait tout ce que mon oncle voulait. Il était fidèle à en mourir.

Il voulait amener l'organisation dans une nouvelle direction juridique et rendre l'hôtel et le restaurant plus rentables. De nombreuses familles l'ont fait au fil des ans, même certaines aussi importantes que les Kennedy.

Mon oncle a commencé à vendre de la marijuana, puis des drogues dures. Il a établi toutes les bonnes relations avec les cartels au Mexique, mais il s'est impliqué dans bien plus que la drogue.

L'entreprise comptait de nombreuses filiales, chacune agissant individuellement au profit de la plus grande organisation sombre. Ma mère était infirmière. Une escroquerie des assurances santés est venue sur son radar après qu'il l'ait entendue se plaindre de la façon dont certaines entreprises surfacturent le gouvernement. Une fois que mon oncle a découvert combien d'argent pouvait être soutiré et qu'il avait les yeux rivés dessus, il n'y avait aucun moyen de le faire changer d'avis. Il n'y avait pas de retour en arrière.

Il a fait pression sur ma mère et quand elle a dit non, il l'a obligée à le faire. Il a menacé de lui retirer son permis d'infirmière en demandant à un médecin de l'une de ses maisons de soins de la dénoncer pour vol de drogue.

Elle n'avait aucune issue. Elle a dû obéir.

Après cela, mon père et ma mère ont essayé de trouver un moyen de s'en sortir. Ils ne voulaient plus rien avoir à faire avec la famille et ils ont décidé de s'échapper. Ils allaient s'éloigner, mais ce n'est pas arrivé assez tôt.

Le problème est qu'il n'y a pas d'échappatoire à mon oncle. Il n'y a pas moyen de sortir de l'organisation. Ils en savaient trop et ils devaient soit continuer à travailler pour lui, soit disparaitre.

Mon père est mort dans l'incendie d'une maison. Ma mère s'est échappée mais est décédée plus tard à l'hôpital des suites d'une inhalation de fumée. Les pompiers ont constaté qu'il s'agissait d'un incendie criminel, mais il n'y avait aucun suspect. Une caméra de sécurité d'un voisin a vu deux hommes entrer dans la maison à l'arrière, puis quitter par l'avant après le début de l'incendie, mais personne ne pouvait voir leurs visages et personne n'allait parler aux autorités en notre nom.

Mon oncle et tous les autres membres de la famille sont venus aux funérailles, prétendant

ignorer ce qui s'était passé. Ils ont envoyé des
bouquets de fleurs élaborés et ont même essayé
de faire l'éloge de mon père, mais j'y ai mis fin.
Impossible que son tueur prenne la parole à ses
funérailles.

Deux semaines plus tard, après le refus de la
compagnie d'assurance de payer en raison du
déclenchement criminel de l'incendie, mon oncle
a demandé que je vienne le voir et m'a proposé
un emploi. L'hypothèque, les cartes de crédit et
tout le reste était maintenant à moi.

Je n'avais pas de travail et il a fait une offre que je
ne pouvais pas refuser, mais bien sûr, j'ai refusé.
Je n'allais pas travailler pour lui. Il avait tué mes
parents et j'allais trouver un moyen de le faire
payer.

Le problème était que je ne le pouvais pas. Mon
oncle est l'un des hommes les plus puissants du
Nord-Ouest et il est toujours protégé. Il est
sociable et engagé et il y a toujours des gardes,
des amis et des femmes qui traînent autour
de lui.

Au bout d'un moment, ma sœur m'a supplié
d'arrêter d'y penser. Elle avait déjà perdu nos

deux parents et elle était terrifiée à l'idée de me perdre aussi.

Elle voulait que je fasse la paix avec cette histoire. Je n'étais pas impliqué dans l'entreprise et pour l'instant, mon oncle me laissait faire, mais je n'arrivais pas à rembourser les emprunts et je prenais de plus en plus de retard.

J'ai eu plein de petits boulots sans perspectives de croissance. J'avais un bac et je continuais d'envoyer ma candidature partout où je le pouvais sans trop de réponses.

Plus tard, j'en ai découvert la raison. Mon oncle me surveillait et faisait bloquer toutes les opportunités d'emploi. Soudain, j'ai atteint un point de rupture. Je ne pouvais pas continuer comme ça. J'avais besoin de me défouler. J'avais besoin de sortir mes frustrations. Alors, j'ai commencé à faire la seule chose qui n'ait jamais eu de sens pour moi. C'était la façon dont j'ai toujours envisagé ma vie.

J'ai commencé à écrire.

J'ai créé une allégorie pour ma vie. Tout était inventé, mais à peine. Le personnage principal était un jeune fermier pauvre qui n'arrivait pas à joindre les deux bouts. Sa famille venait d'être tuée par le Seigneur et il voulait se venger de leur mort, mais il devait aussi de l'argent au Seigneur. C'était une métaphore de ma vie. L'histoire de ce que je traversais.

J'ai inventé des dragons et une guerre civile épique et j'ai combattu des démons qui étaient à l'intérieur de moi sur papier pour que les autres en profitent.

Une fois l'histoire terminée, j'en ai écrit une autre et une autre. J'ai ajouté de la romance, quelque chose de positif et plein d'espoir; une raison de vivre.

Ensuite, j'ai publié mes livres. J'ai utilisé un nom différent et j'ai appris un peu de marketing et de publicité. J'ai fait toutes les couvertures et j'ai écrit les textes de présentation et j'ai mis mes bébés au monde pour que les autres puissent les lire.

À ma grande surprise, mes lecteurs ont adoré mes livres. Ils en voulaient toujours plus. Ils m'écrivaient pour me demander quand le prochain sortait et comptaient les jours jusqu'à la prochaine sortie.

Après un certain temps, j'ai remboursé l'hypothèque et il me restait même de l'argent en poche. Ensuite, ma sœur n'avait plus à se soucier de son loyer.

Entre-temps, il se passait autre chose. Je ne voulais pas rejoindre mon oncle, mais je pouvais l'avoir d'une autre manière. L'État était en train de monter un dossier contre lui et son arnaque aux assurances santé. Ce n'était pas les meurtres qu'il avait commis, mais ceux-ci étaient plus difficiles à prouver car il s'arrangeait toujours pour que quelqu'un d'autre ait les mains sales. Dans ce cas, cependant, certains de ces témoins étaient prêts à témoigner et le procureur m'a demandé si j'étais volontaire. Après de longues réflexions, je l'ai fait.

C'était ma façon de lui dire non. C'était ma façon de lui dire qu'il avait tort et qu'il allait payer pour une chose dans sa vie. Il s'était trop facilement échappé et son ego était devenu trop gros, mais j'allais y mettre un terme.

Ça a fonctionné, mais seulement pendant un certain temps. Mon oncle a été vraiment surpris quand il a vu mon visage dans la salle d'audience. Ils ont obtenu une condamnation et ma sœur et moi étions ravis, mais la condamnation a ensuite été annulée.

Le juge a été menacé et la voiture du procureur a explosé. Soudain, ce n'était plus si important de faire payer cet homme. C'était juste une affaire de col blanc de toute façon, non ?

Mon oncle était libre et moi non. Je ne pouvais plus rester à la maison et je devais partir. Comme ils ne pouvaient pas me trouver, ils ont dû se contenter de quelqu'un d'autre : ma nana.

Je n'aime pas parler d'elle parce que c'est physiquement douloureux pour moi, mais je pense à elle tous les jours. Je l'aimais et elle m'aimait. C'était une innocente qui ne méritait rien de ce qu'ils lui ont fait.

Mon oncle était en colère. Je lui ai tenu tête alors que personne d'autre ne l'avait fait. J'ai contesté son autorité et il ne pouvait pas laisser passer ça.

Après que son corps soit apparu devant ma porte, ma vie a été brisée en mille morceaux. La fondation sur laquelle j'avais tout bâti a commencé à trembler et je savais que j'étais le suivant sur la liste.

Kristen m'a dit de courir et que je ne devrais plus jamais la contacter. Elle m'a dit qu'ils ne pourraient pas lui soutirer des informations qu'elle n'avait pas.

Je lui ai demandé de venir avec moi, mais elle a refusé. Une partie de moi pense qu'elle savait que la vie en cavale serait difficile et elle ne pensait pas que mon oncle la toucherait. Je n'en n'étais pas si sûr, mais je ne pouvais pas l'obliger à me suivre.

Je n'avais pas de temps à perdre. J'ai pris une nouvelle identité et j'ai promis de lui envoyer de l'argent. Je ne lui ai pas dit qui j'étais ni où j'étais, mais elle savait que j'allais bien quand elle recevait une enveloppe avec un chèque de banque tous les mois.

Cela a duré pendant un an, puis deux et plus encore. Je pensais que j'étais en sécurité dans le désert. Je pensais que ma vie allait bien se passer maintenant. Bien sûr, certaines choses n'étaient toujours pas résolues.

Assis ici, dans ce Starbucks près de l'autoroute, je sais enfin exactement ce que je dois faire. Il y a une dette qui doit être remboursée et je suis le seul à pouvoir la payer.

Je ne reste pas longtemps à Phoenix. Ma décision prise, je reprends la route et commence à rouler vers le nord. Je sais que les hommes de mon oncle sont après moi.

La publication de l'histoire d'Emma m'a mis en grand danger. Ils savent où je vis et qui je suis. Je suis parti, mais cela ne veut pas dire qu'ils ne pourront pas me trouver. Je n'ai pas eu assez de temps pour établir une nouvelle identité et je dois utiliser une multitude de fausses.

Ils ne font pas partie du gouvernement, mais ils connaissent des personnes aux bons endroits et ce ne sera pas un problème pour eux d'accéder à mes rapports de solvabilité et de suivre ma position en fonction de mes cartes de crédit. J'ai de l'argent en espèces à utiliser dès maintenant jusqu'à ce que je puisse acheter une nouvelle identité fiable et propre.

En attendant, j'ai besoin de quelque chose pour les envoyer dans la mauvaise direction. J'ai besoin qu'ils croient que l'histoire qu'ils ont lue n'est pas vraie. J'ai besoin de gagner du temps.

Je conduis sur l'autoroute pendant des heures en essayant de penser à un moyen de discréditer l'histoire. Je peux appeler son éditeur et lui dire que ce n'est pas vrai, mais cela suffirait-il ? Je ne sais pas.

Certains journaux et magazines imprimeraient une rétractation, mais combien d'entre nous les lisons ? Elles sont toujours en petits caractères et cachées quelque part dans au dos. C'est comme des excuses mais pas vraiment parce que la plupart des lecteurs n'en sont pas conscients.

Quand je suis fatigué de conduire, je m'arrête dans une petite ville du désert et je trouve un café. Une serveuse terne aux yeux fatigués et aux longs cheveux filandreux tirés en un chignon serré sur la nuque prend ma commande. Elle a la voix profonde de quelqu'un qui fume depuis quarante ans, mais elle est gentille, accueillante et j'apprécie sa prévenance en remplissant ma tasse avant d'avoir à demander.

J'ai un nouveau téléphone propre et non enregistré que j'utilise pour faire une brève recherche sur Google. J'ai lu quelques articles dans le Washington Post et le Boston Globe, les longs articles d'enquête qui rendent des journalistes crédibles et connus dans cette sphère.

Au bas de chacun se trouvent leurs coordonnées. Je clique sur l'un d'eux et mon téléphone ouvre immédiatement une boîte mail vide, remplissant l'adresse e-mail du journaliste du Washington Post en haut.

Si je fais ça, il n'y aura pas de retour en arrière.

Ça y est.

Bien sûr, Emma n'avait pas le droit de publier cette histoire.

Bien sûr, je ne lui ai pas donné la permission, mais elle l'a quand même fait. Elle a écrit des choses qu'elle n'avait pas le droit de rendre publiques. C'est ma façon de tout reprendre, mais c'est un mensonge.

Si je fais ça, alors c'est moi qui mens. Pas elle.

Je tape mes doigts sur la table en Formica en essayant de décider quoi faire. La serveuse revient avec quelques œufs qui coulent et un avocat triste, mais j'accepte l'assiette avec un sourire et un grand merci.

Étonnamment, les œufs n'ont pas si mauvais goût et le pain grillé beurré fait que tout se passe bien. Après quelques bouchées, cependant, je ne suis pas plus près de prendre une décision.

J'ai besoin que mon oncle et de ses hommes de main me lâchent. J'ai besoin qu'il se demande si cette histoire est vraie ou non.

J'ai besoin qu'il ait des doutes et il n'y a pas de meilleure façon de le faire que de donner mon point de vue à deux journalistes et journaux très respectés qui ont beaucoup plus de portée et d'influence qu'Emma Scott et Coast Magazine.

Je sais quelle est la bonne chose à faire pour moi, le problème est que je me soucie toujours d'elle.

Je me sens idiot.

Combien de fois m'a-t-elle menti ?

Combien de fois m'a-t-elle raconté des histoires qui n'étaient pas vraies ?

Je me déteste juste de l'avoir cru. J'aurais dû être mieux informé. J'en ai assez vu et vécu pour le voir venir, mais pour une raison quelconque quand il s'agissait d'elle, je ne voyais rien.

C'était presque comme si une partie différente de moi prenait le dessus. C'était presque comme si je prenais toutes mes décisions avec mon cœur plutôt qu'avec ma tête.

L'amour est une danse délicate. Parfois, vous devez suivre votre cœur et parfois vous devez dire à votre cœur d'aller se faire foutre. Je me rends compte maintenant que mon cœur a été dupé.

Je voulais me sentir bien avec Emma et ça a marché. Chaque fois que nous étions ensemble, le monde avait un sens. Maintenant je sais que tout n'était que mensonges. Une flagrante fabrication de toute pièce.

Peut-être qu'elle avait des sentiments pour moi. Elle a probablement aimé passer du temps avec moi, mais elle a tout fait pour l'histoire.

Ce que je ne comprends pas, c'est pourquoi elle a mis notre histoire sexuelle dans cet article.

Tout le monde sait que c'est contraire à l'éthique journalistique de coucher avec sa source. Tout le monde sait que l'histoire ne concerne plus moi mais nous deux.

C'est peut-être le but. J'ai relu son premier article et je me rends compte qu'elle a fait partie de l'histoire tout le temps. Elle s'était enracinée dans sa recherche de moi et c'est ce que ses lecteurs adoraient. Ce n'était pas un article journalistique purement objectif.

C'était ce qu'ils appellent la non-fiction créative. Initialement popularisé par Truman Capote dans son célèbre roman *De Sang Froid*. Après cela, les journalistes, en particulier pour les magazines, ont eu beaucoup plus de libertés et ont commencé à s'écrire eux-mêmes dans les histoires et avec les personnes qu'ils couvraient. Ils sont devenus une partie de l'histoire, et l'histoire d'Emma Scott sur moi est écrite de cette manière exacte.

Mon corps se rigidifie alors que cette prise de conscience me vient. Je me suis fait enfler. Elle m'a dit qu'elle m'aimait, mais rien de tout cela n'était vrai.

Lorsque la serveuse vient avec la cafetière et remplit ma tasse pour la quatrième fois, je compose un numéro et, à ma grande surprise, elle répond à la première sonnerie.

— Courtney Gaughran. Washington Post, dit une voix calme et recueillie à l'autre bout.

Je me racle la gorge et me présente comme Timothy Keeland.

— Je vous appelle pour discuter de l'histoire récemment parue dans Coast Magazine sur un écrivain nommé D. B. Carter.

— Je n'ai pas lu cet article, dit Madame Gaughran.

— Peu de gens l'ont lu, mais il y a une bonne circulation de l'article sur la côte ouest. Quoi qu'il en soit, je ne savais pas trop qui appeler mais je voulais corriger quelque chose.

— J'écoute. Elle me presse de continuer.

— Le truc, c'est que... dis-je en me raclant à nouveau la gorge, réalisant que la phrase suivante ne pourra pas être reprise.

Je prends une profonde inspiration et continue.

— Le fait est que je suis D. B. Carter. Je suis un écrivain fantastique et je reste généralement à l'écart des médias, mais quand j'ai lu cet article sur quelqu'un qui se fait passer pour moi, je ne peux tout simplement pas laisser ça passer. J'ai bien pensé contacter l'éditeur, mais je ne savais pas s'il allait faire quoi que ce soit à ce sujet car clairement leurs méthodes de vérification des faits, s'ils en ont, n'ont pas détecté cette divergence.

— Oui, je comprends tout à fait. Vous avez toutes les raisons de vous inquiéter, mais vous m'avez dit que vous vous appeliez Timothy Keeland...

— Oui, Timothy est mon vrai nom. J'écris sous D. B. Carter, mon pseudonyme, mais j'ai tout mon travail et d'autres preuves pour vous montrer qui je suis vraiment.

— D'accord, dit-elle en expirant rapidement.

J'entends une frappe frénétique en arrière-plan et elle s'arrête un peu, probablement en cherchant et en scannant l'histoire à laquelle je fais référence.

— La raison pour laquelle j'appelle, dis-je, en essayant d'accélérer les choses, C'est que j'aimerais vous dire qui je suis vraiment pour qu'il soit clair pour le monde que l'autre histoire est fausse.

— Oui je comprends. Bien sûr, vous comprenez que je vais faire ma propre enquête en plus de prendre votre déclaration.

— Oui, bien sûr, dis-je en hochant la tête. L'inverse m'inquièterait. C'est la raison principale pour laquelle je vous ai contacté. J'ai lu votre merveilleux article d'enquête sur le secrétaire d'État qui acceptait des pots-de-vin du gouvernement russe. Je sais que vous avez été nominé pour le prix Pulitzer pour cette histoire et c'est ce qui m'a donné envie de vous contacter.

On parle un peu plus et elle m'en demande plus sur moi-même. Ensuite, nous prévoyons un entretien formel plus tard demain. Il faudra que ce soit par chat vidéo, mais elle semble aussi à l'aise avec cela que moi.

Encore une fois, j'insiste sur le fait qu'aucune photo de mon visage ne sera prise et elle accepte à contrecœur.

Après avoir raccroché, je décide de reprendre la route avant d'appeler le journaliste du Boston Globe.

J'ai un sentiment horrible. Je sais que ce que je mens. Je sais aussi que ça va avoir un impact sur la carrière d'Emma. Un gros impact. Peut-être qu'elle ne s'en remettra jamais.

Timothy Keeland est ma carte d'identité temporaire, mais pas une que je pourrai conserver longtemps. Pour l'instant, cela fera l'affaire. Je donnerai aux deux journalistes les mêmes informations et je leur montrerai également les preuves. J'ai téléchargé les livres et toutes les copies de mes travaux en cours sur mon ordinateur.

Cela devrait suffire à discréditer l'histoire, mais est-ce trop ? Est-ce que je vais trop loin ?

Que fera Emma après son licenciement, ce qui arrivera inévitablement ? Soudain, je me sens mal.

Je veux tout reprendre, mais je me dis de rester calme. J'ai besoin que mon oncle rappelle ses hommes. J'ai besoin que mon oncle soit pris par surprise. Il faut qu'il doute de mon identité et de la vie que je mène. Ces deux histoires vont créer ce doute.

C'est peut-être intense, mais c'est ce qui se passe lorsque vous mettez la vie de quelqu'un en danger.

C'est mon seul choix.

C'est la seule façon de m'en tirer.

La circulation sur l'autoroute est fluide et rapide. Je roule à environ 80 km/h, avançant avec le reste des voitures. Les gros 35 tonnes restent à droite, mais je suis parfois coincé derrière l'un d'entre eux quand il essaie de dépasser les autres.

Il est facile de perdre le sens de qui vous êtes ici sur la route. C'est un foyer naturel, un élan dans le temps. Le ciel est si bleu et brillant qu'il n'y a pas un seul nuage. L'horizon est plat et indescriptible, sans même quelques arbres au loin.

Voici à quoi ressemble le centre de la Californie. Ils l'appellent la *Central Valley*, mais ce n'est pas vraiment ça, pas quand on la traverse. On l'appelle ainsi parce qu'elle est entourée de majestueux sommets de montagnes des parcs nationaux Yosemite et Sequoia.

Mais ici, ce sont toutes des terres agricoles. Plates, domestiquées et marquées par l'Homme. La beauté de ces terres a presque complètement disparu.

Presque.

Un de mes amis à qui je n'ai parlé qu'en ligne est un écrivain de thrillers. Il était conducteur poids lourd pendant de nombreuses années et il a passé presque tout ce temps à écouter des livres audio.

Au bout d'un moment, il a commencé à inventer ses propres histoires. Il a toujours été une âme entreprenante, il a donc décidé de les publier lui-même et ses lecteurs les dévorent. Il utilise un langage magnifique même pour décrire les crimes les plus horribles et en conduisant ici, entouré presque uniquement d'énormes camions, je mets un de mes livres préférés de lui et je laisse ses mots m'éloigner de mes problèmes.

Quand je commence à voir des panneaux pour San Francisco, je sais que j'ai atteint le nord de la Californie, mais il me reste encore un long chemin à parcourir vers l'Oregon. Les gens oublient mais il reste beaucoup plus de Californie après la *Bay Area*.

C'est là que la cime des arbres devient haute et que les nuages sont bas et où la neige dérive. Je n'ai traversé cette zone que quelques fois, mais j'ai toujours voulu passer plus de temps dans la nature sauvage du nord de la Californie.

C'est tellement différent ici, par rapport au sud. Les déserts sont partis et tout est vert. L'océan aussi est différent. Il est plus froid et encore moins hospitalier que dans le sud. Les vagues sont géantes et l'eau frôle le gel.

Je m'arrête dans une autre petite ville et passe un autre coup de fil. À ce stade, j'ai déjà reçu quelques SMS de Madame Gaughran, qui insiste pour que je l'appelle par son prénom, Courtney. Elle est clairement excitée par l'histoire, ayant maintenant lu l'article de Coast et ayant réalisé que son angle de l'histoire serait le fait qu'Emma avait tout inventé.

Chaque fois que je reçois un texto de sa part, ma poitrine se serre et je me demande si je fais une erreur.

Chaque fois, je dois me convaincre que c'est la bonne chose à faire. C'est la seule façon pour éloigner mon oncle de ma piste. C'est le seul moyen de le surprendre.

Mon prochain coup de téléphone s'adresse au journaliste travaillant pour le Boston Globe. C'est à peu près la même chose que pour le Washington Post. Il est pris par surprise mais devient rapidement très intéressé.

Nous concluons également un accord pour faire une interview par chat vidéo le lendemain. Au moment où j'ai fini de lui parler, tout semble automatisé. Je répète la même histoire et dis les mêmes mots. Il a des réactions très similaires. Incrédule, puis il accepte, puis il est excité.

Peut-être qu'il aurait suffi de ne faire qu'une seule interview, mais ce serait alors une histoire contre une autre. De cette façon, j'ai le poids de deux journaux bien établis et incroyablement crédibles à mes côtés. C'est le journaliste du Boston Globe qui a travaillé sur le scandale des abus sexuels des prêtres qui a secoué la région de Boston il y a quelques années. Lui et son équipe ont fait beaucoup de recherches sur une histoire que personne ne voulait raconter.

Je sais que mon histoire n'est pas vraie et, pendant un moment, je me demande s'il serait capable de trouver les infos pour la vérifier, mais je décide que j'ai suffisamment de preuves. Au moins, j'ai la preuve que je suis D. B. Carter. Je lui montrerai mon identité pour mon nouveau nom et j'espère qu'il ne demandera pas de compte courant. Mais, j'ai un passeport pour ce nom aussi.

Après avoir discuté, il promet de me recontacter et je sais qu'il le fera. Je continue de rouler vers le nord. Je décide de prendre le chemin plus long et de prendre la route qui longe la côte. C'est sinueux et pas aussi efficace, mais je veux me perdre un peu dans la nature. Peut-être que cela peut effacer tous ces mensonges.

J'arrive dans une autre petite ville et quand j'arrive à *Coos Bay*, je m'enregistre dans un petit motel dont les portes s'ouvrent directement sur l'extérieur. Il pleut, tout comme depuis vingt-quatre heures. Il y a un nuage épais qui plane au-dessus de la ville et vous donne l'impression que vous êtes en plein dedans dès que vous mettez le nez dehors.

Je descends jusqu'à la plage et je regarde les énormes rochers posés juste à côté du rivage. Dire qu'ils sont énormes serait un euphémisme. C'est presque comme si les dieux les avaient oubliés après un match de football. Je marche le long du rivage et je suis tenté d'enlever mes chaussures. La température de l'eau est probablement proche de dix, et encore, mais je veux quand même la sentir se précipiter entre mes orteils.

J'enlève mes chaussures. Le sable est dur mais toujours accueillant. J'essaye d'enfouir mes pieds profondément dans le sol, mais chaque grain est tellement gorgé d'eau que je fais à peine une bosse. Je me rapproche de la ligne de flottaison et c'est à ce moment-là qu'elle me balaye et soudain, je suis dans l'eau jusqu'aux chevilles.

Je reçois un appel de Courtney, mais je le laisse aller à la messagerie vocale. Je ne souhaite pas polluer ce moment avec un mensonge. Je ressens de la culpabilité suite à mes dernières actions, mais parfois, dans la vie, vous devez faire des choses pour vous protéger. Emma a menti et a fait ça pour sa carrière, moi je le fais pour me sauver la vie.

Je suis officiellement dans le nord-ouest du Pacifique maintenant et mon esprit revient immédiatement à mes parents. Ils adoraient cette partie du pays. Ils se moquaient du fait qu'il pleuvait tout le temps et que le ciel était couvert quatre-vingt-dix pour cent de l'année.

Ils l'ont embrassé. Ils ont adoré la nature et ils ont adoré les randonnées. Ils voulaient acheter une cabane loin des gens dans les bois où ils pourraient être seuls et ensemble pour faire les choses qu'ils aimaient. Ça allait être leur retraite.

Mon père, qui a toujours été un peu citadin, avait ce rêve de construire une petite maison à la main et ma mère, qui aurait probablement dû le décourager, ne l'a jamais fait.

Elle était toujours comme cela : solidaire, aimante, attentionnée. Puis d'un claquement de doigts, leurs vies ont été étouffées. Ils ont été tués sans raison.

Ils n'ont trahi personne.

Ils n'ont poignardé personne dans le dos.

Tout ce qu'ils ont fait, c'est dire non.

Ils n'allaient même pas aller parler à la police pour leur dire ce que faisait mon oncle, mais il les a quand même tués.

Il y a longtemps, j'avais peur de lui comme tout le monde. J'ai toujours peur de lui, mais je ne me soucie plus de cette peur. Il m'a trop blessé. Je pensais pouvoir recommencer une nouvelle vie et que la peur disparaîtrait, mais dès qu'Emma y est entrée, la peur est revenue.

Je sais de quoi mon oncle est capable et ce qu'il a fait à mon premier amour. Je ne veux pas que cela arrive à Emma.

Malgré son article et combien elle m'a fait mal, je ne veux que sa sécurité.

Maintenant, c'est différent, je sais que je ne peux plus m'enfuir. Je dois faire quelque chose.

Il y a une dette que je dois régler et je vais le faire quoi qu'il arrive.

EMMA

Après avoir quitté le bâtiment pour la dernière fois, mes épaules s'affaissent et la boîte devient trop lourde à porter. Il y a une grande poubelle au milieu de la cour et j'y arrive à peine à temps pour poser la boîte dessus.

Les larmes coulent sur mes joues.

C'est tellement injuste.

Comment est-ce arrivé ?

Pourquoi quelqu'un me ferait-il ça ?

Je suis en colère. Je suis en colère contre Corrin. Mais surtout, je suis en colère contre moi-même.

Je n'aurais jamais dû accepter de faire ces articles. Je n'aurais jamais dû écrire un seul mot.

Je pensais que cela allait être mon ascension vers le sommet et maintenant aucun journal réputé ne m'engagera à nouveau.

Bon sang, je ne sais même pas si je pourrai trouver du travail dans un magazine de potins.

Il me faut un certain temps pour trouver ma voiture dans le parking et monter dedans. Je jette la boîte dans le coffre et démarre le moteur. Je regarde dans le rétroviseur, mais je ne peux pas me forcer à sortir.

Le monde est trop sombre et sans espoir.

Je n'ai jamais été virée auparavant et je n'ai jamais pensé que je serais virée pour quelque chose que je n'avais pas fait.

Peu importe combien j'ai protesté, personne n'est venu à mon secours. Je me souviens avoir jeté un coup d'œil à Shelby, certaine du fait qu'elle m'aiderait et qu'elle me défendrait, mais elle n'a rien fait.

Quand j'ai engueulé Corrin devant tout le bureau, ils ont tous applaudi. Ça m'a fait du bien. Au moins, j'ai pu sortir de ce bureau la tête haute.

Je n'ai pas eu beaucoup de moments dans ma vie où j'ai été fière de ma capacité à défendre ce que je ressens.

La plupart du temps, je ne dis pas les choses qui doivent être dites et je me tais quand je ne devrais pas.

Pas cette fois.

Cette fois, quelque chose a changé et je me suis battue pour ce en quoi je croyais. C'était presque l'un de ces moments de cinéma. Vous savez, ceux qui n'arrivent jamais dans la vraie vie.

Nous avons tous vus ces films. On est toujours du côté de celui qui se bat pour une cause juste et qui en veut à quelqu'un.

Mais dans la vraie vie ? Combien d'entre nous le font vraiment ?

Je rejoue la scène dans ma tête et j'aurais aimé en avoir un enregistrement.

Mais ensuite je me fâche. Je lui ai dit ce que je pensais d'elle et à quel point tout cela était injuste, mais ça n'a rien changé. Elle pense toujours que j'ai inventé l'histoire. Mon nom reste sali et je ne le rétablirai probablement jamais.

Je regarde à nouveau dans le rétroviseur et m'agrippe au volant. J'essaye de me faire avancer, mais encore une fois j'hésite. Enfin, après quelques longues minutes, je me secoue en me disant que je m'arrêterai chez Starbucks si je commence à conduire. Je sais qu'il me suffit de sortir de cette place de parking et de prendre la route, puis je continuerai jusqu'à ce que je rentre à la maison.

La maison.

Où est-ce exactement ?

J'ai laissé un sac chez mes parents et j'ai d'autres vêtements et affaires chez moi. J'avais prévu de rentrer à la maison, à Calabasas, après le travail, mais maintenant j'hésite.

Je ne veux pas leur dire ce qui s'est passé. Je veux que personne ne le sache.

Je sors du parking et sur la route je passe un Starbucks. La file d'attente vers la fenêtre du drive est trop longue et je ne veux pas sortir de la voiture et entrer à l'intérieur. Le café devra simplement attendre.

Heureusement, je me suis fait virer au milieu de la journée, donc il n'y a pas beaucoup de circulation sur les autoroutes et j'arrive chez mes parents en moins d'une heure.

Quand je me gare dans leur allée et que je franchis la porte, je regarde au loin l'océan bleu vif et je me demande si la vie est peut-être mieux quelque part là-bas.

Nous pensons tous comme ça, n'est-ce pas ?

Si seulement nous étions ailleurs, peut-être même si nous étions quelqu'un d'autre, alors la vie ne serait pas si difficile.

En me rendant chez mes parents, en passant devant les chênes d'un côté et les collines d'or de l'autre, je repense à toutes les centaines de décisions que j'ai prises qui m'ont conduit à ce point.

J'ai rompu avec Alex.

Je suis quand même allée à notre fête de fiançailles.

Liam est arrivé.

J'ai décidé de poursuivre l'histoire même si c'était une cause perdue.

J'ai suivi les miettes de pain que quelqu'un m'avait laissées sur Internet et qui m'ont conduit à Liam.

Je n'ai toujours aucune idée de qui est Matt Lipinski ou pourquoi il connaissait son adresse, mais peut-être que l'enquêteur privé me donnera cette réponse. Il devrait me contacter pour me dire où il en est. Bien sûr, il s'attendra à une sorte de paiement et je doute que le magazine le paie en mon nom.

Je vais devoir demander plus d'argent à ma mère.

Je soupire profondément.

Pour la plupart des gens, ce ne serait pas un problème, mais pour moi, fière de me frayer un chemin dans le monde, c'est incroyablement difficile.

J'aimais le fait d'avoir un travail et de payer mon propre loyer. J'aimais le fait de pouvoir payer mes propres factures, mes abonnements et même mes emprunts étudiants jusqu'à récemment.

Mes sœurs n'ont jamais eu de problèmes pour emprunter de l'argent, mais je ne suis pas comme elles. Je ne veux pas dire que je suis plus fière, c'est juste que je voulais être plus indépendante.

Je voulais vivre selon mes moyens et franchement, je me fiche bien d'avoir de plus belles choses qu'elles.

Je ne prends pas la peine de frapper à la porte et utilise plutôt la clé donnée par ma mère pour entrer directement. Ils ne m'entendent pas au début, mais leurs cris sont impossibles à ignorer.

Les voix de mes parents portent sur le carreau de marbre et rebondissent sur les murs, faisant écho le long des hauts plafonds. Ils sont dans la cuisine et plus je m'approche, plus la dispute est tonitruante.

— Comment as-tu pu laisser faire ça ?! Maman hurle. Qu'allons-nous faire maintenant ?

— J'en sais autant que toi, répète papa encore et encore.

Au début, sa voix est profonde et englobante, mais maintenant elle est plus calme et plus sage. Ce n'est pas qu'elle l'épuise, c'est qu'il perd la volonté de se battre.

Je me tiens ici dans l'embrasure de la porte, j'écoute. Je suis immédiatement transportée enfance à écouter leurs querelles de la porte de ma chambre.

— Tu as perdu tout notre argent, dit maman. Des millions.

— Pas tous, mais beaucoup. Je vais intenter une action en justice et faire ce que je peux pour le récupérer. Je déteste le calme de sa voix.

Ce n'est jamais une bonne chose.

Il a l'air résigné. Fatigué.

— Comment est-ce arrivé ? Pourquoi ? .

— C'était un investissement. Tu le savais. Je le savais. On peut perdre des investissements, rien n'est garanti.

— Non, non, non, non, non, dit maman en lui enfonçant son doigt sur la poitrine. Ce n'est pas ça. Il essaie de nous faire payer ce qu'Emma a fait.

Des frissons parcourent ma colonne vertébrale. Je presse mon dos contre le mur, sachant très bien qu'elle a raison.

— Cela n'a rien à voir avec Emma. Alex ne perdrait pas tout cet argent de lui-même. Son argent aussi est en jeu et ses investisseurs.

— Comment le sais-tu avec certitude ?

— J'ai parlé à quelques autres investisseurs et d'après ce que j'ai entendu, ça dure depuis des mois. Avant Emma.

— Qu'est-ce que tu racontes ? Il voulait que nous investissions plus il y a six mois.

— Et heureusement, on n'a pas investi plus parce qu'on avait besoin d'argent pour l'entreprise.

— Qu'est-ce que ça veut dire ?

— J'aurais aimé en parler à d'autres investisseurs plus tôt, mais je n'en connais que quelques-uns. Ils ont essayé de retirer leur argent, mais chaque fois qu'ils le demandaient, il leur donnait des excuses et les payait un mois ou six semaines plus tard.

— Alors qu'est-ce que ça signifie ?

— Cela signifie que... je soupçonne qu'il paie les anciens investisseurs avec l'argent des nouveaux investisseurs.

— Comme une pyramide de Ponzi ?

— Exactement. Peu importe ce dans quoi il a investi de l'argent, il ne fait pas d'intérêts et n'augmente pas. Il ne veut pas que tout le monde se retire en même temps. Donc, il ne fait que rembourser les gens en espérant qu'ils ne retirent pas tout leur argent et en laissent jusqu'à ce que les choses s'améliorent. Le problème avec les pyramides de Ponzi est qu'à moins de devenir soudainement un bon investisseur du jour au lendemain et que le marché monte, il ne peut pas rembourser les gens. Il ne peut pas. Il n'a pas l'argent.

— Combien d'argent as-tu perdu ? je demande en sortant de l'ombre.

Mon père a l'air surpris, mais ma mère cligne à peine des yeux. Son visage tombe.

— Dix millions peut-être, dit papa, les narines en feu. Ce n'est pas tout, mais c'est beaucoup. On ne pourra pas rembourser cette maison si ça foire, ce que je pense est en train d'arriver.

Ils continuent à se chamailler et je ne sais pas quoi faire. Je me tiens dans le couloir et j'écoute, me sentant à la fois accablée et incroyablement coupable.

Comment cela pourrait-il arriver ?

Est-ce qu'Alex fait ça pour se venger ?

Je me racle la gorge et soudain ma maman me voit. Ses yeux se rétrécissent, puis une expression placide se forme sur son visage, elle se précipite pour me tenir dans une étreinte.

— Je suis désolée, je ne voulais pas vous
espionner. Je marmonne.

— Non pas du tout. Il faut que tu sois au courant.

— Je suis vraiment désolée, dis-je avec un
soupir. Je ne peux pas croire qu'il fasse ça.

— Ce n'est pas de ta faute.

— Si. Alex ne ferait pas ça si nous étions encore
ensemble.

— Je ne suis pas vraiment sûr que ça dépende de
lui, dit papa.

— Qu'est-ce que tu racontes ?

— Il a mis tout ça en marche, mais je ne sais pas
exactement quand. Je soupçonne qu'il paie les
investisseurs avec de l'argent neuf depuis très
longtemps. J'ai parlé à quelques autres qui, je le
sais, ont investi et certains ont récupéré leur
argent, d'autres non.

— Les flics sont impliqués ? Est-ce que quelqu'un
enquête officiellement ? je demande.

— Si ce n'est pas déjà le cas, ça le sera bientôt, dit
papa. Je suis en train de contacter tous les

investisseurs et j'obtiens autant d'informations que possible de chacun d'entre eux. Ce sera un grand recours collectif, mais tu sais comment ça se passe.

Il n'a pas besoin d'expliquer.

Maman et moi savons que les recours collectifs sont un long parcours. Ça prend beaucoup de temps à être mis en place, simplement en raison du grand nombre de personnes impliquées. Ça met également beaucoup de temps à passer devant les tribunaux. Puisqu'il s'agit d'une affaire civile, il n'a pas la priorité de l'affaire pénale et elles ont tendance à être repoussées vers la prochaine disponibilité du juge.

— Tu vas faire quoi en attendant ? je demande. Qu'est-ce que ça veut dire ?

— On va devoir réduire considérablement nos dépenses. L'emprunt sur cet endroit est énorme. Je pense que je vais devoir vendre les voitures ou la grande majorité d'entre elles. Je ne pense pas pouvoir t'aider à payer tes prêts étudiants.

J'avale difficilement et dis rapidement :

— Je comprends.

— S'il te plait, ne le dis pas à tes sœurs. Je vais le faire, dit papa.

Je regarde ma mère.

Ses yeux sont embués et larmoyants. Je ne suis pas sûre qu'elle comprenne parfaitement ce qui se passe.

— Nous pouvons récupérer notre argent, non ? demande-t-elle.

— Tout l'argent supplémentaire dont je dispose est actuellement investi dans le recours collectif sur lequel travaille l'entreprise. Tu le sais, note papa sévèrement. Tu sais que je fais de mon mieux. On m'a refusé cet emprunt, mais si on veut gagner, on doit dépenser de l'argent pour des experts qui prouveront notre cause. C'est très cher.

Papa n'a rien à dire de tout ça, mais maman est inconsolable. Elle ne comprend tout simplement pas comment tout cela est arrivé.

Je me sens mal. Je ne sais pas ce que je peux faire, mais je dois faire quelque chose.

Alex n'a pas le droit de me faire ça à moi ou à ma famille. Il va payer ce qu'il a fait et je vais lui faire payer si c'est la dernière chose que je fais.

Sentant presque que j'ai quelque chose en tête, mon père se tourne vers moi et pointe son doigt vers moi.

— Toi, dit-il en secouant la tête. Tu ferais mieux de ne rien faire que tu vas regretter.

— Je ne ferais jamais rien de tel.

— Tu sais ce que je veux dire. Il se rapproche de moi. Tu ferais mieux de ne rien faire que je ne ferais pas, se corrige-t-il.

— Qu'est-ce que tu racontes ?

— Je sais que tu réfléchis sans doute à une vengeance ou de tout autre plan mal avisé, mais je ne te laisserai pas faire. Tu ne prendras pas la loi en main et tu ne feras en aucun cas de lui une victime.

Je secoue la tête d'un côté à l'autre, ne voulant pas être d'accord avec lui.

— Tu ne l'attaqueras pas et tu ne le menaceras pas. C'est pour les tribunaux et ils vont s'en occuper.

Mon père croit fermement à l'importance du système de justice. Quand j'étais plus jeune, j'admirais beaucoup cette qualité, mais en vieillissant, je me demandais s'il n'est pas parfois trop téméraire.

Bien sûr, il sait qu'il y a beaucoup de gens en prison, innocents des crimes dont ils sont condamnés, mais sa conviction est que d'une manière ou d'une autre, ils seront libérés et que le système fonctionnera.

Je ne suis pas sûre de partager son sentiment.

Je monte dans ma chambre, les laissant seuls. J'ai toujours été mieux seule dans ma chambre et aujourd'hui n'est pas différent.

En plus, j'ai beaucoup de choses à penser. Je dois trouver Liam. Je dois arranger les choses.

Je dois affronter Alex. Je ne pourrais peut-être pas le menacer ou me venger, mais ça ne veut pas dire que je ne peux pas au moins avoir une conversation.

Mon père, après tout, n'a rien dit à propos d'une conversation.

LE LENDEMAIN, alors que je me dirige toujours à travers l'Oregon, je quitte la route et regarde les grands pins majestueux. L'air est vif, humide de la pluie récente, et les aiguilles sont trempées, pleines de vie.

Je tends la main vers un arbre, le tiens entre mes doigts et fixe sa beauté. Je veux plus que tout partager ce moment avec Emma, mais je sais que je ne la reverrai probablement jamais. Cette pensée envoie des ondes de choc à travers mon corps et je m'appuie sur le pin pour me soutenir.

C'est fini ?

Est-ce la fin de nous ?

Je ne sais pas ce qui me pousse à revenir vers elle.
C'est presque comme si c'était une obsession.

Mon addiction.

Je dois l'avoir. Non pas pour la dominer, mais
pour partager une vie avec. C'est presque comme
si ma vie sans elle n'avait pas vraiment de sens.
C'est comme si elle était la pièce manquante du
puzzle et jusqu'à ce qu'elle soit avec moi, rien
ne va.

Mon téléphone vibre et c'est le journaliste du
Boston Globe, Henry Lipton. Il insiste pour que
je l'appelle Henry et j'insiste pour qu'il m'appelle
Timothy. Après quelques minutes de bavardage,
nous passons rapidement au chat vidéo et
Courtney du Washington Post se joint à nous.

Henry a la trentaine, des cheveux noirs bouclés
et des yeux astucieux. Il est sceptique. Ils le sont
tous les deux. Ils ne se connaissent pas et je les
présente.

— Je ne sais pas pourquoi vous nous racontez
l'histoire en même temps, dit Courtney en
penchant la tête.

Ses cheveux sont épinglés en un chignon lâche et quelques mèches encadrent son visage de manière attrayante.

— J'aimerais que vous travailliez sur l'histoire ensemble.

— On ne se connait même pas, dit Henry.

— Ce n'est pas grave, dis-je avec un haussement d'épaules. Pas pour moi.

— Pour moi si. Je ne peux pas écrire d'histoire avec quelqu'un que je n'ai jamais rencontré.

— Si vous n'êtes pas intéressés, ce n'est pas grave, dis-je catégoriquement. Je peux trouver quelqu'un d'autre.

— Non, je le suis, dit Courtney rapidement. Je suis juste un peu confuse. Ce n'est pas très orthodoxe.

— C'est important pour moi que l'histoire de Coast Magazine soit révélée comme étant fausse. Elle l'est. Je ne suis pas sûr de l'identité de cette personne, mais ce n'est pas moi. Je suis le véritable écrivain et j'aime rester discret, mais je ne veux pas non plus que des mensonges soient imprimés sur ma véritable identité.

Ils hochent tous les deux la tête simultanément.

— Vous n'êtes pas obligé d'écrire l'histoire ensemble. Je ne m'attends pas à ce que vous le fassiez. Je ne vous donne pas non plus d'exclusivité, j'ajoute. Vous êtes invités à collaborer ou non, mais je pensais que nous pourrions simplement réduire le nombre de questions si vous m'interrogiez tous les deux en même temps.

Ils essaient d'argumenter, mais je ne change pas d'avis là-dessus.

Je ne veux pas vivre ça deux fois. Je veux qu'ils sachent tous les deux les mêmes choses et qu'ils écrivent ce que je veux leur dire, mais je ne vais pas passer plus de temps que ce qui est absolument nécessaire.

Finalement, ils acceptent. Ils me posent des questions et je réponds au mieux de mes capacités.

La majeure partie est inventée. Je leur montre mes pièces d'identité, le passeport et le permis de conduire. Ils veulent voir mes écrits et je leur montre aussi. Je leur montre les livres à moitié écrits ainsi que les livres complets qui ont été entièrement édités.

— Bien sûr, tout cela pourrait être une contrefaçon, souligne Courtney. Tout comme vous ce que vous dites être arrivé dans Coast Magazine.

— Bien sûr, dis-je. C'est à vous de trouver la vérité, non ?

Je réponds à plus de questions, des questions génériques sur l'endroit où j'écris et ce que je fais.

J'ai mémorisé mon histoire et je reste cohérent.

Nous parlons pendant près de deux heures, mais après un certain temps, nous finissons par tourner en rond. Ils ont ce dont ils ont besoin. Ils ont des gens pour vérifier ce que je leur ai dit et pour obtenir confirmation.

J'espère qu'ils vont mordre à l'hameçon et je suis sûr que leurs détectives le feront. Cela devrait suffire à rédiger deux articles. S'ils découvrent la vérité plus tard, ils devront simplement se rétracter.

Au moment où je raccroche, j'oubliais pourquoi je faisais ça en premier lieu. Tout ce à quoi je peux penser, c'est à Emma et à quel point cela va lui faire du mal, mais il est trop tard.

Le train est en marche, comme on dit. On ne peut plus reculer.

Je remonte dans la voiture et ne conduis qu'une heure avant de m'arrêter. C'est presque comme si je voulais passer le temps. Je veux prendre le plus de temps possible pour arriver à Seattle.

Quand j'ai commencé ce voyage, une partie de moi voulait y arriver le plus tôt possible, mais maintenant cela a changé. Maintenant, je veux prendre mon temps, même plus si possible.

Je sais ce que je dois faire, mais je ne suis pas ravi de l'idée. Maintenant que je suis si proche et maintenant que l'air dans la terre et les arbres est si différent et tellement semblable à ce qu'il était quand je grandissais, tout devient réel.

Maintenant, je me demande si je peux réellement faire ce que j'ai décidé de faire.

À la télévision et au cinéma, la vengeance est si facile.

Le personnage principal se décide et l'exécute ensuite. Bien sûr, il y a des obstacles sur son chemin, mais ces obstacles sont rarement lui-même.

On s'attend à ce que la vengeance soit quelque chose que vous poursuivez, mais que faire si vous ne pouvez pas ?

Et si on a des doutes ?

Et si on a peur ?

Soudain, être si proche de la ville où cette vengeance aura lieu, je commence à avoir des doutes. Je ne sais pas si je peux le faire. Je ne suis pas sûr d'être capable de le faire de sang-froid.

Je connais toute la douleur que mon oncle a causée et je sais qu'il le mérite plus que quiconque.

Je sais aussi que je n'ai pas la possibilité de recourir aux moyens officiels. C'était un incendie suspect, d'après la police, mais ils n'ont pas fait grand-chose pour savoir qui l'avait déclenché.

Je sais qu'il l'a fait.

Je sais qu'il est responsable de la mort de mes parents. Mais je ne sais pas si je suis capable de le lui faire payer.

12

EMMA

JE M'ENDORS en début de soirée et je me fais réveiller par ma mère qui entre en courant dans ma chambre.

— Elle va accoucher ! crie-t-elle. Debout. On va à l'hôpital !

Ma mère entre et sort de ma chambre. Elle bouge si vite que pendant un moment je me demande si je ne rêve pas, mais elle réapparaît, réitérant son propos et portant un grand sac rempli d'affaires.

Je prends quelques trucs, me demandant quoi prendre. Je prends mon sac de travail avec mon ordinateur portable, mon iPad et mes chargeurs et je me demande si je devrai y passer la nuit.

Je me change en pantalon de yoga confortable, en chemisier ample et je mets la paire de chaussures la plus confortable que je possède.

Honnêtement, je pourrais aussi bien être en pyjama.

— Tu y vas comme ça ? demande maman quand je descends. Contrairement à moi, elle est vêtue d'un costume. Talons hauts et tout.

— Nous allons à l'hôpital. Je ne sais pas combien de temps on va rester.

— Exactement, tu ne veux pas être belle ?

— Non, pas vraiment, dis-je en secouant la tête.

Exaspérée, elle s'effondre sur le canapé en tenant ses mains sur son sac à main à 2 000 $.

Je décide de ne pas discuter ni de prendre quoi que ce soit qu'elle dit personnellement. Elle vient de perdre une fortune et maintenant elle doit se rendre à l'hôpital en pleine nuit pour la naissance de son premier petit-enfant.

Quelques minutes plus tard, mon père sort de son bureau et nous dit de prendre sa voiture. Il nous suivra dans une autre.

— C'est bien d'avoir une deuxième voiture au cas où je devrais rentrer à la maison ou au bureau, explique-t-il.

Bien sûr, nous comprenons toutes les deux, mais maman semble agacée.

— Tu ne vas pas partir pendant que ton petit-enfant est en train de naître, dit-elle sévèrement.

— Écoute, on sait tous que ça peut prendre des heures. Qui sait si elle va même accoucher ce soir. Je serai là aussi longtemps que possible, mais les choses peuvent changer. Je dois être réaliste.

J'ai entendu parler du réalisme de mon père toute ma vie, mais maintenant je me demande si du réalisme ou une façon d'utiliser son travail pour échapper aux inconvénients que la vie lui impose.

Bien sûr, je me tais.

Maman ne dit pas grand-chose sur le chemin et mon esprit est vide. Je veux lui dire ce qui s'est passé au travail, mais ça semble être le mauvais moment. Je veux lui poser des questions sur l'argent et la fraude, mais encore une fois, le moment est malvenu.

Quand ils vérifient nos papiers d'identité et nous donnent des badges de visiteur temporaires, nous nous dirigeons vers la salle d'attente où nous voyons Brooke, la tête enfouie dans ses mains. Mon cœur tombe au creux de mon estomac.

— Brooke ! Brooke ! Je cours vers elle.

Elle bouge à peine. Je m'agenouille à côté d'elle et éloigne ses mains de son visage. Sa peau est tachetée et ses yeux sont enflés. Le mascara est répandu sur les paupières inférieures et autour de ses pommettes.

— Qu'est-ce qu'il s'est passé ? Lindsey ? Quelque chose est arrivé au bébé ?

Je jette un coup d'œil en arrière une fois, en attendant le soutien moral de ma mère, mais elle s'appuie simplement sur un mur à l'entrée de la salle d'attente.

— Parle-moi ! Je crie.

Ça semble la sortir de sa stupeur.

— Lindsey va bien, marmonne-t-elle et regarde quelque part au loin. Elle vient juste de commencer le travail.

— Pourquoi tu pleures ? J'exige de savoir, incrédule, m'éloignant d'elle rapidement.

— L'argent, dit-elle. Maintenant c'est à son tour de me regarder avec une expression abasourdie. Ils ont perdu tout l'argent.

— Quoi ? je demande, la bouche desséchée.

J'avale, mais ça ne fait que m'assécher plus et je me lance dans une quinte de toux.

— Oh merde. Tu ne savais pas, dit Brooke, se levant, les bras croisés.

Je la regarde tranquillement.

— Tu ne lui as pas dit ? Elle s'adresse à maman qui a maintenant réussi à se glisser dans l'une des chaises.

— Bien sûr que je lui ai dit, dit-elle doucement.

— Merde, je marmonne en m'asseyant. Je pensais que quelque chose était arrivé à Lindsey.

— Non, elle va bien, répète Brooke. Elle a un mois d'avance, mais ça devrait aller.

Elle se dirige vers maman et la serre dans ses bras. Je vois un peu de soulagement sur le visage de maman, mais le sentiment général de tristesse ne disparaît pas.

Je veux marcher vers elles et les secouer aussi fort que possible. Je sais que nous avons perdu beaucoup d'argent, mais ce n'est pas comme si nous étions à court d'options.

Ce n'est pas comme si nous étions pauvres. Papa a toujours une entreprise rentable. Il pourra gagner plus d'argent à l'avenir.

Ils devront peut-être déménager et réduire leurs effectifs, mais ce ne sera pas si grave. Du moins ça ne devrait pas l'être. Le fait que Lindsey se porte bien est une excellente nouvelle.

Je veux qu'ils se concentrent sur ce qui est positif, mais elles n'en sont pas capables. Au lieu de cela, elles s'accrochent et se vautrent dans leur chagrin.

Les heures passent lentement à l'hôpital. Nous allons tous voir Lindsey, mais la chambre est petite et il n'y a pas assez d'espace pour s'asseoir. Nous nous relayons pour la garder occupée au fur et à mesure que les contractions progressent, nous échappant généralement et la laissant avec Craig et le personnel infirmier lorsque les contractions sont trop fortes.

Quelques heures plus tard, lorsqu'elle s'endort, Craig sort pour nous parler. Il a l'air fatigué mais heureux. Il va bientôt devenir père et je suis sûre qu'il s'en rend compte. Dès que ses yeux croisent ceux de mon père, quelque chose change.

Ils se regardent et détournent rapidement le regard. Comme s'ils savaient quelque chose qu'ils ne veulent pas partager avec le reste d'entre nous.

Bon, j'en ai assez de secrets.

--Qu'est-ce qui se passe ? je demande. Ma question est directe, simple et s'adresse uniquement à Craig. Un problème avec Lindsey ?

— Non, dit-il rapidement. Elle va bien.

— Tu sais pour l'argent ?

Il hoche la tête.

J'attends que quelqu'un d'autre dise quelque chose, mais personne ne le fait. Nous sommes les seuls dans la salle d'attente et j'ai besoin que tout le monde vide son sac.

— Je suis désolée d'en parler maintenant, mais nous sommes tous de la famille et je pense que c'est important. Mes parents ont perdu beaucoup d'argent et je vais essayer de rectifier ça. Je vais lui parler, mais je ne sais pas ce que je peux faire. Je veux juste dire que je suis vraiment désolée pour vous tous. Je sais que vous avez tous été touchés.

— Ce n'est pas de ta faute, dit Craig.

— Comment tu peux dire ça ? Brooke siffle. Toi et Lindsey ne seriez pas dans cette situation si ce n'était pas pour elle.

— Qu'est-ce que tu racontes ? je demande.

— Alex, dit Brooke. Il fait ça parce que tu l'as énervé.

— Non, c'est faux, je proteste. Papa a dit qu'il faisait ça depuis un moment.

— Papa essaie juste d'être gentil. Tu sais qu'il ne se serait pas vengé si tu ne l'avais pas quitté.

Je m'attends à entendre des mots comme ça de n'importe qui dans ma famille, mais pas d'elle. En ce moment, elle ressemble exactement à notre mère.

— Ce n'est pas vrai, j'insiste. Même Craig le dit.

— Il est juste poli, insiste ma sœur. Mais tout le monde dans cette pièce sait qu'Alex n'aurait pas perdu notre investissement, ou celui de qui que ce soit dans cette famille, si tu n'avais pas rompu avec lui.

Je m'éloigne d'elle.

— Qu'est-ce que tu racontes ? je regarde Craig. Tu as perdu de l'argent aussi ?

Il ne répond pas.

— Réponds-moi.

— Ils ont perdu 900 000 $. Ils vont devoir déclarer faillite et de déménager.

— Non., dis-je en secouant la tête. Ce n'est pas vrai.

— Ne parlons pas de ça, dit Craig.

Je m'approche de lui pour essayer de comprendre ou pour qu'il explique, mais il pousse juste ma main et dit qu'il doit aller voir Lindsey.

— Tu vois comment il est, dit Brooke. Il ne veut pas causer de problèmes.

— Tu es injuste, Brooke, dit maman.

— Oh, c'est bon, dit-elle en lançant ses mains en l'air. On sait tous ce qui se passe ici. Alex fait ça pour essayer de la récupérer.

— Et comment il va me récupérer exactement ? En mettant ma famille en faillite ?

— Ça va au moins attirer ton attention. Tu as ignoré ses appels. Il a essayé de nous appeler tous et de nous le dire. Il veut te parler.

— Eh bien, j'ai l'intention de continuer à ignorer ses appels.

— Tu devrais te remettre avec lui, dit Brooke après une courte pause.

Tout dans son comportement change et soudain, elle ne ressemble plus du tout à ma sœur.

— Quoi ? j'en ai le souffle coupé.

— Il faut que tu te remettes avec lui pour qu'il nous rembourse.

— Il faut que je l'épouse aussi ? je demande sarcastiquement.

— Je ne sais pas ce que tu devras faire après, mais il faut que tu arranges cette situation.

— Je ne peux pas, je murmure en secouant la tête. Je regarde mes mains et tape nerveusement mes doigts sur le côté de mes jambes.

— Alex veut que tu reviennes. Si tu te remets avec lui, tout cela disparaîtra.

— Il va vous rembourser ? Avec quoi ? Les investissements des autres ? Tu sais ce que tu me demandes de faire ? je demande en plissant les yeux.

Elle se penche et la douceur de son parfum me submerge.

— Je te demande de défendre ta famille, dit
Brooke. Tu vas le faire ?

13

EMMA

Je ne peux pas croire ce que dit Brooke.
Pense-t-elle vraiment que tout est de ma faute ?
Je la regarde et on se défie un petit moment.

— Je n'ai rien à voir avec tout ça ! Je crie. Tu le
sais.

— Bien sûr, mais ça ne change rien au fait que ça
vient d'arriver et que tu es la seule en mesure de
changer quoi que ce soit. , claque-t-elle.

— Changer quoi ? L'argent a disparu.

— Et si c'était faux ? Et si c'était juste une ruse
pour te récupérer ?

— Comment ? De quoi tu parles bon sang
? J'essaye de m'éloigner d'elle, mais elle court
vers moi.

— Tu dois parler à Alex. Il a de l'argent quelque
part. Tu dois le récupérer. Tu dois défendre ta
famille.

Je sais que tout ce qu'elle dit est vrai, mais je suis
trop choquée pour faire autre chose que grogner.
Je me sens idiote. Une telle idiote.

C'était déjà une bêtise de me mettre avec Alex au
début. C'était déjà une bêtise qu'il me trompe.

C'est arrivé juste sous mon nez et je n'avais
aucune idée de ce qu'il faisait.

Je sais que je suis une imbécile. Une idiote. Je sais
que quelqu'un d'autre aurait mieux géré toute
cette situation, mais je sais aussi qu'elle a tort.

— Je vais lui parler, ne t'inquiète pas pour ça,
mais je ne sais pas si ça va aider à récupérer
l'argent.

— Tu dois essayer, Emma. C'est n'est pas que toi.
C'est des millions de dollars de l'argent de notre
famille.

J'essaye de quitter la pièce, mais encore une fois Brooke me suit. Je m'appuie contre le mur blanc froid et elle attrape mon bras et me tire vers elle.

— Notre conversation est terminée, dis-je sévèrement.

— Non. Tu dois lui parler.

— Pourquoi ne me dis-tu pas ce que tu veux vraiment que je fasse ? dis-je en croisant les bras.

— Qu'est-ce que tu racontes ? C'est la première fois qu'elle n'est pas dans l'offensive depuis qu'on est arrivés.

Pendant un moment, je vois un aperçu de la vieille Brooke.

Ma sœur.

Mon amie.

— Tu veux que je me remette avec lui. Tu l'as déjà dit.

Elle regarde le sol.

__C'est quoi le problème ? Tu ne veux pas que je le répète ?

— Ce n'est pas que je veuille que tu te remettes avec lui. C'est juste que je veux que tu lui fasses penser que tu le feras. Il doit y avoir quelque chose que tu puisses faire. Il veut que tu reviennes et il fera peut-être quelque chose en retour.

— Et après ? Combien de temps je vais devoir rester avec lui ? je demande, jouant l'avocat du diable.

Elle n'a pas de réponse.

Moi non plus.

Le problème est que même s'il remboursait l'argent, il le paierait avec l'argent des autres.

S'il s'agit bien d'une pyramide de Ponzi et qu'il paie de nouveaux investisseurs avec l'argent d'anciens investisseurs, alors c'est tout un château de cartes.

S'il nous rendait notre argent, ce ne serait pas vraiment le nôtre.

On ne parle plus beaucoup après ça. Tout le monde reste silencieux et attend. Ma mère enfouit son visage dans une pile de magazines et je fais de même avec mon téléphone.

Mon père travaille sur son ordinateur portable.

Je viens voir Lindsey à l'occasion quand elle n'a pas trop mal. Le travail progresse et elle arrive à dormir un peu.

Les gens entrent et sortent, le temps passe lentement.

Je décide de ne parler à personne de mon récent licenciement et de vérifier mes mails pour voir si j'ai des nouvelles de Harvey Durand, l'enquêteur privé.

À ma grande surprise, j'ai un mail de sa part.

Un simple e-mail qui dit : *Appelez-moi.*

— Bonjour, dis-je quand il décroche. Vous avez des nouvelles ?

— J'ai fait quelques recherches pour savoir qui était ce Matt Lipinski et au début, cela semblait être une cause perdue. Juste un nom sur un forum. C'est assez générique et pas particulièrement spécifique, dit Harvey, sa voix est bourrue et grossière.

— Mais ?

— Mais quand j'ai cherché et que j'ai comparé quelques autres commentaires de ce Matt Lipinski sur une recherche plus approfondie, j'ai trouvé quelques blogs Tumblr qui l'utilisaient également. C'est une longue histoire, mais cela m'a finalement conduit dans le terrier du lapin et j'ai trouvé un lien réel avec l'homme qui se fait appeler D. B. Carter.

— Vraiment ? Qui ?

— Kristen Harmon. Ça vous dit quelque chose ?

Ma bouche s'ouvre.

— C'est sa sœur.

— Ding, ding, ding, dit-il sarcastiquement.

— Alors... Elle savait depuis le début où il était ? Elle m'a dit qu'elle ne savait rien, dis-je lentement, essayant encore de comprendre.

— Eh bien, je suppose qu'elle a menti, dit-il nonchalamment.

— Je me demande pourquoi. Rien de tout cela n'a de sens. Je marmonne.

— Je vous tiendrai au courant de toute autre information que je trouverai et pour la facture, dit Harvey et il raccroche brusquement avant que je puisse répondre.

Pourquoi Kristen aurait-elle écrit ce message ? Pourquoi m'a-t-elle dit qu'elle n'avait aucune idée de l'endroit où se trouvait Liam ?

J'essaye de me souvenir du regard sur son visage la dernière fois que nous avons parlé. Elle avait l'air vraiment surprise. Bien sûr, je ne la connais pas bien et elle pourrait être une bonne menteuse.

— Il est là ! Maman annonce et je me précipite dans la salle d'attente pour attendre avec le reste de la famille.

Quelques instants plus tard, Craig sort rayonnant avec un bébé dans ses bras.

Il a été nettoyé et enveloppé dans une couverture. Il ne crie même pas. Je regarde un petit garçon emmitouflé dans une couverture avec un petit chapeau bleu sur la tête et je ne peux pas croire que je suis maintenant une tante.

J'ai un neveu.

Whaou.

Je suis choquée par cette idée et ennuyée. C'est tellement banal, ça arrive tous les jours. Cela nous arrive à tous dans une certaine mesure et pourtant, cela me semble surréaliste maintenant que ça m'arrive réellement.

Y a-t-il un mot pour ce sentiment ?

Ma mère a les larmes aux yeux et Craig aussi, mais mon père et moi sommes un peu séparés de tout le monde, à observer presque la scène plutôt que d'y participer.

Nous avons toujours été ceux qui trouvaient certaines situations joyeuses et festives difficiles à gérer. Une partie de moi, une très grande partie de moi, veut intervenir et faire semblant d'être submergée d'amour, juste pour m'intégrer avec tout le monde, mais une autre partie de moi reste à l'écart.

Un peu décontenancée, pas tellement triste, pas du tout, mais plus confuse par ce que je suis censée ressentir ou vivre en ce moment.

Puis juste comme ça, Craig place le bébé dans mes bras et le sentiment d'ennui et de détachement disparaît. Je regarde son beau petit visage et j'incline la tête vers la sienne.

Mes cheveux tombent légèrement sur lui et je les écarte pour qu'il ne lui chatouille pas le nez. Je regarde la façon dont sa main s'enroule étroitement autour de mon index et je m'émerveille de sa force.

Ses yeux sont fermés en deux petites fentes et sa bouche est également fermée, calme et paisible pour l'instant. J'ajuste son chapeau en m'assurant qu'il est bien ajusté sur son front et j'appuie légèrement mon doigt sur le bout de son nez, juste pour sentir la pression.

Il bouge à peine, mais je reçois une secousse d'amour qui me traverse.

Je jette un coup d'œil à mon père, qui a toujours l'air perdu et confus, quelque part un peu à l'écart de tout le monde. Voilà à quoi je ressemblais il y a quelques instants et je compatis. Au lieu d'aller le voir et de lui demander ce qui ne va pas, je fais juste quelques pas et je lui donne son petit-fils.

Le berçant dans ses bras, les inquiétudes de mon père se dissipent. C'est presque comme si quelqu'un avait pris un pinceau et effacé toutes les lignes de son visage et les avait remplacées par une expression de sérénité.

Les gens parlent quelque part au loin et il y a un niveau général d'hôpital occupé qui bourdonne, mais tout cela semble se passer quelque part au loin.

Ici, dans cette salle d'attente, il n'y a pas de problèmes, pas de peurs et pas de soucis.

Nous sommes engloutis par l'amour et le contentement et je veux rester ici pour toujours même si je sais que c'est impossible.

14

LIAM

Quand j'arrive à Seattle, la pluie tombe de côté. C'est inhabituel pour cette période de l'année où on n'a généralement rien de plus qu'une bruine. Les nuages sont bas, mais au lieu d'être simplement suspendus dans l'air, ils sont pleins de bouffées et de colère. Ils sont en colère contre quelque chose ou quelqu'un ou peut-être que je lis trop dans leurs sombres couleurs.

Je décide d'abord de me présenter à la porte de Kristen sans prévenir. Je sais que c'est impoli et qu'on m'a appris à faire différemment, mais je dois m'assurer que ce n'est pas dangereux.

Je dois la surprendre au cas où quelqu'un la surveille. Il y a de fortes chances que mon oncle ait ses hommes un peu partout à ma recherche. Il y a de fortes chances qu'elle soit suivie.

C'est pourquoi je décide de rester loin de chez elle. Je ne sais pas si elle est surveillée, mais ils pourraient aussi l'enregistrer.

C'est le moyen le plus sûr.

J'attends cinq heures, mais finalement elle part et se dirige dans la rue avec une poussette. Il y a un petit parc au coin avec une aire et un ensemble de jeux. Je la suis de près dans le parc, un peu derrière elle. Elle porte des écouteurs et un sweat à capuche et est complètement perdue dans son propre monde.

C'est bon pour moi. Cela facilite les choses.

Je la regarde garer la poussette à côté de la balançoire et sortir le bébé. Elle peine un peu à mettre ses pieds dans les balançoires, puis le bébé se met à pleurer. C'est mon neveu. Je ne l'ai jamais vu auparavant et il est difficile d'imaginer ma sœur en mère.

Sommes-nous si vieux ?

Je sais que beaucoup de gens de mon âge ont des enfants et des familles, mais ma sœur est plus jeune que moi. C'est ma petite sœur et j'ai du mal à imaginer qu'elle a maintenant un enfant. Maintenant, elle a quelqu'un dans le monde dont elle est responsable qui ne peut pas prendre soin de lui-même.

Je la regarde perdre la bataille pour le faire entrer dans la balançoire. Elle le retire et le tient pendant un moment jusqu'à ce qu'il se calme. Puis elle le remet dans la poussette et s'assoit à la table de pique-nique, dos à moi.

Je lui fais signe en marchant. Il a un grand sourire sur son visage et suce des poissons rouges.

— Salut, Kristen, dis-je calmement.

Elle tourne la tête et me regarde comme si elle n'en croyait pas ses yeux. Sa bouche s'ouvre et un grand sourire se dessine sur son visage.

— C'est toi ! C'est bien toi ! Elle sort de la table de pique-nique et court dans mes bras. Quand nous nous embrassons, elle se met à sangloter.

— Tu vas bien. Tu vas vraiment bien.

— Je vais bien. Tout va bien.

Je la tiens aussi longtemps qu'elle veut être tenue. Pour être honnête, elle me tient autant que je la tiens.

Elle m'a manqué. Cela fait longtemps que je n'ai pas vu ma sœur.

Après s'être éloignée, elle ajuste sa veste et jette ses cheveux d'un côté à l'autre. Je la regarde attentivement, essayant de mémoriser son visage tel qu'il est en ce moment.

— J'ai quelqu'un à te présenter. Elle montre du doigt son bébé.

Je m'agenouille pour que nos yeux soient au même niveau.

— J'ai du mal à croire que j'ai un neveu, lui dis-je.

J'ai tellement de questions à lui poser, mais mon esprit se vide. Je me perds dans l'instant. Il y a quelque chose dans le fait d'être avec un bébé qui vous calme.

Il n'y a ni demain ni hier.

Il n'y a que le présent. Il n'y a que ce moment où il me regarde dans les yeux et me donne ce sourire qui, je le sais, va briser des cœurs un jour.

Kristen et moi nous asseyons ensemble sur le banc et parlons de tout.

Elle m'interroge sur ma vie et je lui parle de D. B. Carter. Ce qui est drôle à dire, c'est que cette identité est à peu près devenue ma vie. Je n'ai pas été particulièrement sociable et la seule personne dont j'ai vraiment été proche pendant toutes ces années est Emma, mais je ne la mentionne pas.

Kristen me raconte sa vie. Elle s'est mariée et a eu un enfant. Ils se sont rencontrés dans un bar, mais elle me demande de ne pas lui en vouloir pour ça. C'est une blague parce que nous savons tous les deux que je ne le ferai jamais.

Elle est pressée de me présenter à son mari, mais inquiète des répercussions. Nous n'avons toujours pas parlé de notre famille. Nous n'avons toujours pas parlé de la raison pour laquelle je suis ici, à réapparaitre soudainement au dernier endroit où je devrais être après toutes ces années.

J'attends qu'elle en parle et elle attend que je le fasse. Je me demande si on a tous les deux peur d'en parler car cela rendrait tout d'un coup beaucoup moins agréable. Parfois, on veut simplement garder un moment parfait aussi longtemps que possible.

Kristen m'invite chez elle, mais j'ai peur de la suivre. Je lui demande d'aller prendre une tasse de café avec moi à la place. Heureusement, il y a un Starbucks dans le coin pas trop loin. Ce sera en public, quelque part où rien ne peut arriver. Du moins, je ne pense pas.

Je l'aide avec la poussette alors que nous faisons la queue et que nous dépassons la foule. Elle trouve une place dans un coin alors qu'une femme plus âgée range son ordinateur portable et emporte ses quatre tasses de café. Je lui dis de garder nos places pendant que je vais chercher du café. En plus des lattes, je commande une part de gâteau au chocolat à partager.

Kristen secoue la tête quand elle la voit, mais attrape une fourchette et plonge dedans.

— Tu connais mes faiblesses.

— Bien sûr, je suis ton frère.

— Ça fait longtemps. Je pensais que tu aurais oublié maintenant.

— Non. Je secoue la tête. Le moment devient très sérieux entre nous. Je n'oublierais jamais quelque chose comme ça.

Nous prenons quelques bouchées en silence et Tennyson remue. Elle cherche quelque chose pour le divertir dans son sac à main.

Je me penche en arrière sur ma chaise et souris.

— Quoi ? Elle demande avec un ton accusateur à sa voix.

— Rien., dis-je avec un haussement d'épaules. Je ne t'ai jamais vu comme ça.

— Comme ça ?

— Mère, dis-je après une longue pause. Comment c'est ?

— Je ne sais pas, c'est bien. Non, ce n'est pas vrai. C'est dur. On ne dort pas beaucoup. On prend soin de lui à tour de rôle, mais c'est difficile.

— Oui, j'imagine.

— J'aimerais que maman et papa soient là.

Et voilà. C'est la première fois que l'un ou l'autre de nous les mentionne ; les gens qui nous ont connectés pour la vie. Une grosse larme grasse émerge au bas de son œil gauche, se libère et roule sur sa joue.

— Je suis vraiment désolé, dis-je en tendant la main et saisissant la sienne. Je serre fermement et elle pose sa main sur la mienne, la serrant en retour.

— Je sais qu'ils te manquent. Ils me manquent aussi.

— Tu m'as aussi manqué. C'était vraiment difficile de faire tout ça pour moi. Quand je suis tombée enceinte, je l'ai dit à mes amis, mais je voulais vraiment le dire aux parents et à toi, mais te n'étais pas là.

J'acquiesce. Je sais que j'ai tort, mais je ne sais pas comment y remédier. J'ouvre la bouche pour dire quelque chose, pour offrir une explication, mais elle m'arrête.

— Je sais pourquoi tu n'étais pas là. Ne t'inquiète pas, bien sûr que je sais.

Juste comme ça, je revois ma petite sœur. Calme, tendre et un peu timide.

Elle a toujours été très solide. Elle aimait les livres et avait quelques amis proches, mais elle avait très peu d'énergie pour la stupidité, ce qui la rendait assez impopulaire au lycée.

En surface, elle a toujours semblé être plus dure qu'elle ne l'était. Elle avait toujours une chose sarcastique ou cynique à dire, mais en réalité, elle était tout sauf cela. En réalité, elle attendait le meilleur des gens et était constamment déçue quand ils y manquaient.

— Je suis vraiment désolé de ne pas avoir été là.

Nous nous tenons la main pendant un moment, plus longtemps que jamais auparavant et ça fait du bien.

— Je sais pourquoi tu ne l'as pas été. Tu ne le pouvais pas. Ils t'ont cherché partout. Ils m'ont suivie pendant des mois, voire des années. Je suis presque sûre qu'ils ont mis mon téléphone sur écoute. J'en ai un autre secret juste pour pouvoir parler à mon mari et avoir un peu d'intimité.

— Pourquoi tu n'es pas partie aussi ?

— C'est ma maison. C'est là que j'ai grandi et c'est là que nos parents ont vécu. Nous sommes allés à Hawaï pour notre lune de miel. Nous avons même parlé d'y déménager. Nous y sommes restés quelques mois, mais ce n'était pas ce que je voulais. Je ne me sentais pas comme à la maison et je ne me serais jamais sentie chez moi là-bas.

— Et notre oncle ?

— Je ne lui parle pas et il ne me dérange pas. Plus maintenant. Il pense que je ne sais rien, ce qui est en partie vrai.

— C'est pourquoi je ne suis pas allé chez toi. Je ne savais pas si quelqu'un regardait. J'ai pensé qu'après tout ce temps peut-être...

— Non, c'était la chose intelligente à faire. On ne sait jamais. Surtout après la sortie de ces articles.

J'avale fort.

Alors, elle sait.

Je ne savais pas comment j'allais en parler et je suis heureux qu'elle sache au moins déjà quelque chose.

— J'ai aussi lu les autres que le Washington Post et le Boston Globe viennent d'imprimer. En ton nom, je présume.

Un frisson parcourt ma colonne vertébrale. Mes yeux se fixent sur les siens et elle incline la tête de cette manière comme pour me demander si je mens.

— Bien sûr, tu as planté ces histoires, dit-elle en riant.

— Comment tu sais ?

— Parce que j'ai parlé à Emma.

15

LIAM

Le monde s'effondre. Je regarde ma sœur comme si elle était une étrangère. Elle dit autre chose. Les mots sortent, mais je vois juste sa bouche bouger et je n'entends pas les mots.

— Est-ce que ça va ? demande Kristen.

Je ne sais pas trop comment lui répondre. J'ai plus de questions que je ne peux en poser physiquement.

Comment a-t-elle pu être en contact avec Emma ?

Pourquoi ?

Savait-elle où j'étais depuis le début ?

— Si tu savais, dis-je doucement. Pourquoi tu ne m'as pas contacté ?

— J'avais peur, dit Kristen, regardant le sol, l'expression sur son visage solennelle et détachée. Je ne savais pas si notre oncle me surveillait. J'ai un nouveau téléphone. J'ai un nouvel ordinateur. J'en rachetais un nouveau tous les quelques mois et je vendais les anciens sur eBay, au cas où. J'étais tellement paranoïaque.

— Tu aurais dû rester à Hawaï.

— T'as raison. Mais c'était différent là-bas.

— Comment ?

J'avais l'impression de les oublier, dit-elle après une longue pause. Prenant une autre gorgée de café, elle passe son doigt autour du bord de sa tasse.

— Je ne veux pas les oublier.

J'oublie parfois à quel point Kristen était jeune quand nous avons perdu nos parents. L'expérience dans son ensemble a été si dramatique et c'est difficile d'y repenser sans avoir les yeux embués.

J'ai témoigné contre lui au tribunal principalement à cause de cela. Je savais ce qu'il avait fait. Il avait ordonné à ses hommes de le faire et nos parents étaient morts.

Carbonisés.

Brûlés.

Personne ne mérite une mort comme ça, encore moins deux personnes comme mes parents.

On reste là, silencieux pendant un moment. Aucun de nous ne dit un mot et nous pensons tous les deux la même chose.

— Comment tu connais Emma ? je demande après une longue pause.

— Elle m'a contactée. Elle a fait des recherches sur toi et elle m'a trouvée. Elle a trouvé mon profil en ligne. Au début, je n'allais pas lui parler, mais ensuite... je voulais juste être à nouveau proche de toi.

— C'est tout ?

Après tout ce temps, j'ai réalisé que les gens ont tendance à me dire seulement ce qu'ils veulent que je sache.

Il est facile de raconter une partie de l'histoire, mais il y a d'autres parties qui sont plus incriminantes, plus difficiles à mettre en mots.

Je ne sais pas si son histoire a cette autre partie, mais j'attends qu'elle me réponde.

— C'est moi qui lui ai dit où elle pouvait te trouver, dit-elle après une forte expiration.

— Comment ça ? je plisse les yeux.

Tennyson commence à faire des histoires et Kristen lui tend un autre jouet pour le garder occupé. Ça fait l'affaire.

— Emma posait des questions sur ce forum. J'ai lu ses articles et je les ai aimés. Elle cherchait D. B. Carter et elle ne savait pas comment vous trouver. Alors, je lui ai donné ton adresse.

— Comment ? Comment tu connaissais mon adresse ?

— Je t'ai cherché longtemps après ton départ. J'avais besoin de savoir que tu allais bien. J'avais besoin de savoir qu'ils ne t'avaient pas touché. Je sais que tu ne voulais pas rester en contact au cas où ils me surveillaient. C'était probablement une sage décision, mais cela n'a pas changé ce que je ressentais.

J'acquiesce, sachant que je l'ai mise dans une situation impossible. Je pensais que si elle ne savait rien ce serait pour le mieux, mais peut-être que ce n'était pas la bonne décision.

— Comment tu m'as trouvé ? Comment as-tu su que j'étais D. B. Carter ?

— Je ne le savais pas. Pendant longtemps je ne savais pas. Puis j'ai lu un de tes livres et un autre et, dans le troisième, j'ai repéré une histoire que tu avais l'habitude de me raconter quand j'étais petite fille. Mot pour mot, exactement comme tu me l'avais racontée. C'est là que j'ai su avec certitude.

Ma bouche s'ouvre et je murmure :

— Quelles sont les chances que cela se produise ?

— Minces, souligne-t-elle. C'est presque comme si c'était le destin.

Je traite ce qu'elle dit pour essayer de comprendre comment elle m'a trouvé.

— Ça n'a toujours pas de sens, dis-je prudemment. Comment tu m'as trouvé ? D. B. Carter n'existait qu'en ligne. Pas d'adresse. Aucun lien avec moi dans la vraie vie.

— Tu croirais ça, mais non. J'ai engagé un enquêteur privé. J'ai moi-même utilisé un pseudonyme et un téléphone intraçable. Je ne voulais pas qu'il établisse des liens entre nous. Ce n'était pas exactement quelqu'un que j'ai embauché très légalement.

J'acquiesce, attendant qu'elle continue.

— Je lui ai donné ton nom d'auteur et il l'a retracé à ton compte bancaire.

— Comment ? je demande en secouant la tête avec incrédulité.

— Il a trouvé où allait l'argent des ventes et c'est comme ça qu'il a trouvé ton adresse.

J'acquiesce, puis la colère commence à monter. J'essaye de la repousser, mais ça continue.

— Alors, après toutes ces recherches, tu as décidé de lui donner mon adresse ? À une parfaite inconnue ? Et si elle avait été l'un de ses hommes ? Et si c'était juste une ruse pour me trouver et me tuer ?

— Ce n'était pas le cas, dit-elle en secouant la tête.

— Ça aurait pu.

— Toi et moi connaissons notre oncle. Il est capable de beaucoup de choses, mais de contacter une journaliste pour écrire une histoire sur un écrivain populaire ? Quelles sont les chances qu'il fasse ça ? S'il avait fait le lien, il aurait pu faire appel au même enquêteur et utiliser les mêmes tactiques pour trouver ton adresse lui-même.

Je continue de la fixer.

— Non, elle travaillait seule sur ce projet, insiste Kristen. J'ai utilisé un faux nom. Je lui ai donné l'adresse et c'est tout. Il était peu probable qu'elle y aille. Je pensais qu'elle supposerait que je n'étais qu'une folle sur internet qui voulait la faire conduire trois heures pour ne rien trouver, mais pour une raison que je ne connais pas, elle y est allée.

J'acquiesce, tout ce qu'elle dit commence à avoir un sens.

Si elle n'avait pas impliqué Emma, je vivrais toujours mon ancienne vie.

Si elle n'avait pas impliqué Emma, je ne ressentirais pas non plus la douleur de l'avoir perdue que je ressens aujourd'hui.

— Pourquoi as-tu fait ça ? demande Kristen.

— Fait quoi ?

— Pourquoi as-tu publié ces mensonges sur D. B. Carter ? Ces articles l'ont discréditée dans son travail et tu sais qu'elle dit la vérité.

— J'avais besoin que son travail soit discrédité. Elle n'avait aucun droit de publier quoi que ce soit. Je lui ai dit moi-même.

Elle pointe son doigt vers mon visage et dit :

— Vous avez eu une histoire, hein ?

Sa question me surprend. Je lève les yeux vers le mur, évitant le contact visuel.

— Je l'aime, dis-je enfin doucement.

— C'est vrai ? Je le savais ! Elle claque des doigts et un grand et large sourire se répand sur son visage. Je savais qu'il se passait quelque chose entre vous, rien que par la façon dont les articles sonnaient.

— Elle m'a exposé. Je devais me protéger. Notre oncle me cherche et maintenant qu'il connaît le nom que j'utilisais, je devais l'éloigner de la piste. Il aurait pu me trouver aussi facilement que toi.

— Je suis désolée.

— Moi aussi, je mords ma lèvre inférieure.

— Tu lui as parlé depuis ?

— Non bien sûr que non.

Et juste comme ça, la conversation sur la femme qui m'a brisé le cœur prend fin. J'ai partagé tout ce que je suis prêt à partager avec ma petite sœur et je n'entrerai pas dans le détail.

— Pourquoi es-tu ici, Liam ? demande Kristen après une longue pause.

Une expression d'inquiétude la submerge soudainement. C'est comme si elle savait quelque chose sans que je doive le dire.

— Je suis ici pour lui parler, dis-je doucement.

— Tu ne peux pas faire ça. Elle secoue la tête, des larmes se formant dans ses yeux.

— Je suis fatigué de courir. Je suis fatigué de ne pas vivre ma vie au maximum. Je pensais que je pourrais tout simplement recommencer, mais bien sûr, cela ne peut pas vraiment se faire. J'emporte mon ancien moi partout où je vais et chaque personne que j'ai rencontrée avec cette nouvelle identité a entendu un mensonge.

— Ça n'a pas d'importance. Tu es en vie, dit-elle sévèrement. Tu ne peux pas lui parler. Tu ne peux pas aller le voir. Il te tuera.

— Je dois m'en occuper, Kristen.

— Il a tué nos parents. Elle pose sa main sur mon poignet. Elle est moite et froide et, quand j'essaye de me dégager, elle refuse de me laisser partir. Tu as témoigné contre lui. Il te cherche partout aux Etats-Unis et tu vas juste te présenter à sa porte ? Frapper et dire quoi, exactement ? Et pour quoi faire ? Qu'est-ce que tu essaies d'accomplir ?

Je hausse les épaules. Je ne connais la réponse à aucune de ces questions. Je sais juste que je dois lui parler et que je dois arranger les choses.

— C'est une mission suicide, dit-elle en me regardant profondément dans les yeux.

16

EMMA

Je quitte l'hôpital et me dirige directement vers l'appartement d'Alex. Il est vraiment tôt, à peine six heures du matin, mais il devrait encore être à la maison. Je sais qu'il ne part pas au travail avant sept heures et j'espère le rattraper avant ça.

Les rues de LA sont étonnamment vides ce matin et je roule vite, attrapant un feu vert après l'autre. Je fais exploser les tubes de Shania Twain des années 90 sur mon Spotify et les rythmes accélérés me donnent du courage. Ce dont j'ai vraiment besoin, c'est d'une boisson forte, mais il est trop tôt pour cela.

J'arrive à son immeuble. Je suis venue ici des centaines de fois, voire des milliers, et j'ai presque l'impression de rentrer à la maison. Tout dans cet endroit est familier, de l'entrée en verre à la façon dont les boîtes aux lettres sont rangées juste au coin du hall.

Il y a un grand lustre moderne qui flotte au-dessus de ma tête quand j'entre et je prends un moment pour regarder la façon dont le soleil matinal se réfracte sur le verre, créant des motifs de mosaïque sur le mur de marbre.

Je n'ai pas vraiment de plan pour passer le garde, mais heureusement, sa tête repose à plat sur le bureau dans le creux de son coude et il ronfle un peu en dormant. Je le dépasse sur la pointe des pieds jusqu'à l'ascenseur, priant silencieusement pour qu'il arrive avant que le garde ne se réveille. Et ça le fait.

Quand je frappe à la porte d'Alex, il lui faut quelques minutes pour répondre. Au début, il me crie de m'en aller, mais quand il entend ma voix, il est abasourdi.

— Emma, qu'est-ce que tu fais ici ? Il passe ses doigts dans ses cheveux en désordre et frotte sa barbe d'un jour.

Il s'appuie sur le mur, vêtu juste d'un bas de pyjama, son corps a l'air mince et musclé comme toujours. Je n'ai pas oublié à quel point il est beau. C'est ce qui m'a attiré chez lui lors de notre première rencontre et c'est ce qui me prend par surprise aujourd'hui.

Puis un flot de souvenirs me rappelle l'homme qu'il est vraiment.

Le tricheur.

Le menteur.

Le manipulateur.

— Que se passe-t-il avec l'argent de mes parents ?

Ma voix est forte et il m'entraîne rapidement à l'intérieur pour que ses voisins n'entendent pas.

— Écoute, j'ai dit à ton père que je vais essayer de le rembourser. Je suis juste un peu court en ce moment.

— Tu utilises l'argent des nouveaux investisseurs pour rembourser les anciens investisseurs ?

— Non, absolument pas. Tu portes un micro ? Pourquoi tu me demandes ça ?

— Non, je ne porte pas de micro ! Je suis à bout de souffle.

Il ne me croit pas et se dirige vers moi pour me fouiller.

— Lâche-moi. Je le repousse, son corps heurte la porte.

— Je ne porte rien, dis-je en retirant ma veste puis en remontant ma chemise pour lui montrer que je n'ai rien qui enregistre ce que nous disons.

— Je suis ici pour récupérer l'argent de ma famille. Je suis ici pour savoir ce qui se passe.

— D'accord, je suis désolé, je n'aurais pas dû douter de toi. Je suis vraiment paranoïaque en ce moment.

On est dans le couloir, on se regarde, et je ne sais pas trop où aller maintenant.

Au bout d'un moment, je prends une profonde inspiration et entre dans le salon. Tout est en désordre. Des vêtements et des papiers partout. Son ordinateur portable est posé sur la table basse avec des classeurs de paperasse tout autour.

Il y a au moins cinq tasses de café vides placées au hasard sur le dessus.

Alex a toujours été soigné et ordonné. Il n'était pas tellement dans fan de ménage, mais il employait toujours une femme de ménage pour s'assurer que l'appart n'était jamais en bazar.

— Qu'est-ce qui se passe , je demande.

Il hausse les épaules et détourne son visage de moi. Je répète la question.

— Je suis dans la merde, ça se voit pas ? marmonne-t-il.

— Que se passe-t-il avec ton entreprise ?

— Tout le monde veut récupérer son argent. Le problème est que je n'ai pas l'argent.

— Qu'est-ce que tu racontes ?

— Y'a une rumeur qui circule sur le fait que je monte une pyramide de Ponzi, mais c'est faux.

— Qu'est-ce que tu fais ?

— Quelque chose de beaucoup moins glamour, dit Alex avec un soupir.

J'attends qu'il continue. Il se dirige vers l'énorme fenêtre en pied et regarde la ville matinale qui s'étend à l'horizon.

— Le fonds ne marche pas bien. On a eu beaucoup de pertes. On a investi beaucoup dans des actions de grands commerces et ils ont chuté de manière inattendue et significative.

Je hoche la tête et dis :

— C'est quelque chose qui arrive, non ?

— Je suppose, sauf que les gens qui investissent avec moi pensent que je suis une sorte de magicien. Je ne suis pas un magicien.

— Tu as garanti un rendement de 10% ?

— Je n'ai jamais garanti ça. J'ai fait certaines promesses, peut-être exagérées, mais je ne suis jamais allé aussi loin.

Je prends les tasses à café sur la table et les met dans la poubelle près de l'îlot de cuisine. La poubelle déborde.

Je les place sur le dessus, luttant contre le sac poubelle rembourré pour le sortir et le fermer. Je fais la même chose avec le recyclage. Quand je remplace les sacs, il s'approche de moi et me serre par derrière.

— Qu'est-ce que tu fais ? je demande en m'éloignant de lui.

— Je voulais juste te tenir.

— Eh bien, tu ne peux pas. On n'est plus ensemble.

— Et si ce n'était plus vrai ? Et si on était ensemble ? supplie-t-il. Son corps est chaud et doux contre le mien.

— Je ne vais pas recommencer, dis-je sévèrement. Tu m'as trompée et tu as brisé ma confiance. J'ai réalisé que tu n'es pas qui je croyais. C'est fini.

Mes mots sonnent comme une finalité, mais il ne semble pas les enregistrer.

— J'ai entendu dire que tu avais perdu ton taf.

Je le regarde et je vois une personne différente. L'expression sur son visage change.

Une froideur apparaît.

— Comment tu sais ça ? j'avale fort.

— Tu n'aurais pas dû mentir. Là encore, moi, plus que tout autre, je sais combien il est facile de mentir et d'exagérer la vérité. On le fait tous, n'est-ce pas ? On veut avancer. On veut que quelque chose de faux devienne vrai.

— Ils n'avaient pas le droit d'imprimer ces articles, mais chaque mot de ce qu'ils contenaient était vrai.

— Pas selon le Washington Post ou le Boston Globe, dit-il avec un sourire narquois qui me donne envie de le gifler.

— Tu as perdu ton taf, continue-t-il en se rapprochant de moi. Son attitude se détend. Ses lèvres forment même un petit sourire aux coins de sa bouche. Tu ne travailleras plus jamais en tant qu'écrivain, pas pour une publication majeure.

Je serre les dents. Je veux lui dire qu'il a tort et que je peux lui prouver qu'il a tort, mais je ne peux pas. Il a raison. Ces articles ont scellé mon destin. Ces articles m'ont non seulement virée, mais ont également mis fin à ma carrière telle que je la connais.

— Parle-moi de l'argent de mon père. Ne change pas de sujet cette fois.

— Mon fonds a perdu beaucoup d'argent, dit-il sans ciller. C'est vrai. L'argent de ton père est en sécurité. Pareil pour Craig.

Une vague de soulagement m'envahit.

— Quand le récupéreront ils ?

— Quand tu te remettras avec moi.

Ma bouche s'ouvre. Je prends quelques respirations et le bout de ma langue devient sec et desséché. Je le regarde avec mes sourcils pincés.

— Qu'est-ce que tu racontes ?

— Je les rembourserai tout ce qu'ils ont perdu quand tu me donneras une autre chance.

— Je ne vais pas faire ça. Je secoue la tête par défi.

— Eh bien, dans ce cas ils ne récupéreront jamais leur argent.

— Tu ne peux pas garder l'argent en otage.

— Si, je peux. Les fonds spéculatifs font faillite tous les jours. Quand ça arrive, on a plus de dettes que ce qu'on peut rembourser et la meilleure chose pour les investisseurs est de déclarer faillite, c'est ce que me disent mes avocats.

— Alors, où est l'argent de ma famille ?

— Dans des comptes secrets. À l'étranger. En Suisse, un peu dans le groupe. On peut avoir une belle vie, Emma. On était super bien ensemble avant et on peut y revenir. Je ne te mentirai plus jamais. Je ne te tromperai jamais. Je sais qu'il n'y a pas d'autre femme pour moi.

Je secoue la tête et le tremblement se propage au reste de mon corps. Brooke avait raison. Elle avait raison depuis le début. Il fait ça à cause de moi.

Ma famille va tout perdre à cause de moi.

— Je sais qu'on dirait que je te mets dans une situation impossible. Mais pas vraiment. Tu n'as pas de travail et tu n'auras plus de perspectives pendant longtemps. Tu sais que je serai honnête et franc à partir de maintenant. Je vais te payer des millions pour revenir avec moi.

— Des millions que tu n'as pas le droit de garder, je fais remarquer.

— Ce n'est qu'un petit détail, entre amis, dit-il en me donnant un coup de coude.

— Tu ne peux pas être sérieux, dis-je en penchant la tête.

— Réfléchis-y. C'est soit ça, soit rien. En plus, qu'est-ce que tu as à perdre ?

17

EMMA

Toujours sous le choc et essayant de comprendre ce qu'Alex m'a dit, je retourne vers ma voiture et réponds à mon téléphone sans regarder l'écran.

— Il faut que tu viennes. Il faut que tu l'arrêtes. Sa voix est frénétique et incontrôlable. Il me faut un moment pour réaliser à qui je parle.

— Kristen ?

— Liam est là. Ils vont le tuer.

J'appuie immédiatement sur le bouton de vidéo pour passer en FaceTime.

Ses yeux sont grands ouverts et pleins de larme. Elle a l'air de ne pas avoir dormi et sa voix sent le désespoir.

— Qu'est-ce que tu racontes ?

— Il est là. À Seattle.

— Comment tu sais ?

— Il est venu me voir putain !

— On peut revenir en arrière une seconde ? J'essaye de comprendre.

Elle respire profondément. Elle concentre son regard directement sur moi, mais plus on garde le contact visuel, plus elle devient incertaine. Ses pupilles dansent d'un côté à l'autre et je dois la forcer à parler.

Je lui demande de se calmer et de me dire ce qui se passe.

— Tu as écrit cet article. C'est sorti et ça a mis sa vie en danger. Il a décollé.

Je veux la corriger sur ce qui s'est réellement passé, mais je me retiens. Ce n'est pas le moment de me défendre mais d'essayer de comprendre.

— Alors, il est retourné à Seattle ?

— Je n'aurais jamais dû rester ici, dit-elle. Le téléphone dans sa main commence à trembler et l'écran devient flou.

— Il est venu. Il était prudent. Il m'a retrouvée au parc. Il regardait toujours par-dessus son épaule. S'il était juste là, ce serait bien, mais c'est plus que ça. Il est en mission.

— Quel genre de mission ?

— Je ne sais pas, pas exactement. Il était vraiment vague. Je sais juste qu'il va parler à notre oncle et c'est vraiment une très mauvaise idée.

— De quoi ? Il va vraiment le trouver et lui parler ? Non, il ne ferait pas ça.

— Il le ferait et il va le faire. C'est pour ça qu'il est ici. C'est pour ça qu'il est venu.

— Liam le fuit. Il se cache. C'est pour ça qu'il était autant en colère à propos de l'article.

— C'est ce que je pensais aussi. Je pensais que ce serait le dernier endroit où il se présenterait, mais il veut se venger. Du moins je crois. Je n'en ai aucune idée, mais il faut que tu viennes.

— Moi ?

— Tu es la seule à pouvoir l'arrêter. J'ai essayé de lui parler. J'ai essayé d'utiliser Tennyson pour l'amener à penser à sa vie sur le long terme.

— Tennyson ?

— Mon fils.

— Oui bien sûr. Désolée, marmonné-je.

— Je voulais qu'il pense à son avenir. Ce n'est pas ce que nos parents auraient voulu. Il sait que notre oncle a été impliqué dans leur mort. Non, ce n'est pas la bonne façon de le dire.

J'attends qu'elle continue. Elle prend une profonde inspiration et stabilise sa main. Son visage est maintenant limpide et ses yeux se rétrécissent pendant qu'elle parle.

— Notre oncle a exécuté nos parents. Il a tout organisé. Mon père n'avait rien fait de mal. Il a coopéré aussi longtemps qu'il a pu et a aidé. Il n'a jamais été impliqué dans l'entreprise et notre oncle ne pouvait pas supporter ça.

— Oh mon Dieu, je murmure, ma voix à peine audible. Je mets ma main sur ma bouche, ne voulant pas croire ce qu'elle dit.

— C'est un très mauvais homme. Il a fait des choses horribles et malheureusement, ce n'était que l'une d'entre elles, mais c'étaient nos parents. C'est pourquoi Liam a témoigné contre lui au tribunal. Il pensait qu'il y aurait une justice de cette façon.

— Et les meurtres ?

— Il n'y avait aucune preuve, bien sûr. C'était juste un incendie accidentel qui a tué accidentellement les personnes qui ne coopéraient pas avec son entreprise.

— Je suis vraiment désolée.

— Liam est en colère et énervé. Il voulait venger leur mort la première fois aussi, mais je l'ai arrêté. J'ai fait pression et je lui ai dit d'aller voir la police et d'essayer de faire tout cela correctement.

J'ai pensé que ça marcherait. J'aurais dû savoir que ça ne marcherait pas, mais j'étais une gamine et je ne voulais pas perdre mon frère. Puis les choses ont empiré. Puis ils ont tué sa petite amie. C'est à ce moment-là que ça l'a brisé. Il n'a jamais été le même depuis. Jusqu'à ce qu'il revienne. Il était tellement perdu et il ne voulait pas me perdre aussi.

— Maintenant ? Pourquoi fait-il ça maintenant ?

— Je ne sais pas, mais j'imagine qu'il y voit une opportunité. Ils le recherchent et il a dit qu'il en avait assez de courir. Il était en colère contre toi pour l'article, mais il voulait mettre tout cela derrière lui une fois pour toutes. C'est là que tu entres en jeu.

— Qu'est-ce que tu racontes ?

— Tu dois l'arrêter. Tu dois l'obliger à écouter et le faire penser à toutes les choses qu'il va perdre *quand ils vont le tuer*.

Les cinq derniers mots qu'elle énonce. Il y a une longue pause entre chacun d'eux.

— Comment peux-tu être si sûre ?

— Je connais mon oncle.

BIEN QUE JE sache que c'est une mauvaise idée, je décide de m'envoler jusqu'à Seattle. Kristen insiste et je n'ai aucun regret.

Je ne suis pas sûre de pouvoir lui parler, même s'il accepte de me parler, mais je n'ai pas le choix.

Kristen m'a fait peur. Ce serait un euphémisme de dire autre chose.

Ses paroles étaient si fortes et je suis convaincue que je ne peux rien faire d'autre que prendre le prochain vol à départ de LAX.

Je m'assois dans l'avion et je réfléchis à tout ce qui m'a amené à ce point. Toutes les petites décisions qui m'ont conduit à ce moment et toutes les décisions que je prendrai qui me guideront dans le futur.

Il fut un temps où ma carrière était tout ce qui comptait vraiment. Je voulais être écrivain. C'est ainsi que j'allais me frayer un chemin dans le monde. Puis quelque chose est arrivée. Quelque chose a changé. C'est presque comme si la personne que je pensais être était devenue complètement floue.

Avez-vous déjà ressenti cela ? Avez-vous déjà vécu votre vie selon cette identité unique, cette compréhension unique de qui vous êtes et puis, en un instant, tout change soudainement ?

Bien sûr, j'aime toujours écrire. Bien sûr, je veux toujours raconter des histoires pour gagner ma vie, mais maintenant il faut que je me batte. Je n'ai plus de carrière. Personne ne va m'engager, pas après ce qui a été imprimé dans ces journaux.

Alors, qu'est-ce que je fais maintenant ?

Dois-je abandonner cette vie avant même d'avoir trente ans ou dois-je changer ?

Est-ce que je continue à vivre dans le passé ou est-ce que j'essaie de prendre les meilleures décisions possibles avec ce que j'ai en ce moment ?

Je m'inquiète pour Liam, bien sûr, mais je suis aussi en colère contre lui. C'est lui qui m'a fait ça. C'est lui qui m'a mise dans cette position. Il a appelé ces journaux et leur a raconté une série de mensonges. Je le sais maintenant.

Je ne suis pas sûre qu'il le niera, il pourrait, mais personne d'autre n'aurait pu le faire à part lui.

Je comprends presque pourquoi il a fait ça. Presque.

Quelle explication pourrait-il avoir pour être à Seattle ?

S'il est toujours inquiet pour son identité et pour son anonymat, alors pourquoi est-il ici ?

Pourquoi va-t-il affronter son oncle alors que la dernière chose qu'il devrait faire est de se présenter à sa porte et d'agiter un drapeau blanc de défaite ?

Lorsque je prends mon bagage à main et que je salue les agents de bord, je me rends compte que venir à Seattle ne consiste pas seulement à essayer de le sauver.

Je suis aussi ici pour parler.

Je suis ici pour le confronter pour ce qu'il m'a fait.

Peut-être qu'une partie de moi est également ici pour m'excuser, mais c'est une petite partie.

18

EMMA

J'arrive tard et j'ai une chambre d'hôtel à quelques minutes en voiture de l'aéroport. C'est si proche qu'ils ont un service de navette. L'hôtel est vraiment banal et semblable de tous les autres hôtels de la chaîne destinés aux voyageurs fatigués.

Il est propre, les plafonds sont hauts et le personnel de la réception est alerte, bien entretenu et poli même s'il est deux heures du matin.

Dès que j'entre dans ma chambre, je prends une douche rapide et grimpe sous les couvertures. Les draps sont doux et frais. Je tombe rapidement dans un sommeil profond.

Le lendemain matin, je reçois un appel de Kristen. Elle m'a déjà envoyé l'adresse de son hôtel avec le numéro de la chambre et elle s'inquiète du fait que je ne sois pas déjà là.

Je jette un coup d'œil à l'heure. La grande horloge avec des chiffres fluorescents attachée à la table de chevet montre qu'il est à peine 9 heures du matin et je lui dis de ne pas s'inquiéter.

— Je ne veux pas qu'il te rate. Et s'il part ?

— Tu crois vraiment qu'il ira parler à ton oncle si tôt le matin ?

— Je n'en ai aucune idée. On a prévu de se voir vers onze heures. Je ne pense pas qu'il le fera avant.

— Bien. Tu n'as rien à craindre.

— Et si tu ne peux pas l'arrêter ? Et s'il y va quand même ?

— Je ne sais pas quoi te dire. Je ferai de mon mieux, dis-je calmement.

— Je ne pense pas que tu comprennes la gravité de la situation.

Ses paroles sont rapides et courtes. Elle prend à peine une pause entre ses phrases, les roulants les unes après les autres.

L'angoisse dans sa voix commence à déteindre sur moi, mais j'essaie de rester calme. J'ai tendance à trop m'inquiéter et je n'aime pas ça chez moi. Quoi qu'il arrive, je vais prendre quelques respirations profondes et regarder la situation dans son ensemble.

— Je ne comprends pas comment tu peux être aussi... Zen. Je ne pense pas que tu comprennes que sa vie est en danger.

— Si, dis-je dans le téléphone. Je vais aller lui parler. Je suis là. Tu le retrouves dans quelques heures. Il n'ira pas le voir avant.

Bien sûr, je n'ai aucun moyen de savoir quoi que ce soit, mais ça semble logique de l'extérieur.

Cela semble la rassurer, ne serait-ce que temporairement. On raccroche et je saute à nouveau sous la douche, cette fois en me lavant les cheveux.

L'air ici est glissant d'humidité.

C'est facile à oublier, mais le sud de la Californie est un désert. L'air est sec et le sol est aride. Mais ici dans le nord-ouest du pacifique, l'air semble gorgé d'eau.

Une heure plus tard, après avoir pris un petit déjeuner en bas, mes cheveux sont toujours aussi humides qu'ils l'étaient lorsque je suis sortie de la salle de bain. Je regarde par la fenêtre les nuages bas et la grandeur du monde qui m'entoure.

C'est beau, bien sûr. Ça me donne un sentiment de paix difficile à décrire. Je peux me voir profiter de cet endroit pendant un jour ou deux, peut-être une semaine, mais après un certain temps, le manque de soleil commencerait à m'atteindre. Je le sais avec certitude.

Après avoir perdu suffisamment de temps, je décide que je ne peux plus attendre. J'hésite. Je procrastine. Ce n'est pas que je ne veuille pas le voir. Je veux le voir plus que tout au monde, mais je ne veux pas avoir cette conversation.

L'hôtel est à environ dix minutes, mais avec la façon dont ce chauffeur de taxi roule, j'arriverai dans cinq minutes à peine. Ce n'est pas l'un de ces hôtels avec un portier ou même une personne à la réception qui se soucie qu'un inconnu entre.

Je vais directement aux ascenseurs et j'appuie sur le numéro quatre. Sa chambre est la troisième au coin. Je lève la main pour frapper et j'hésite.

Que dois je dire ?

Comment commencer ?

Je baisse la main et commence à m'éloigner, mais quelque chose m'arrête. Je dois le faire. Pas seulement pour Kristen ou lui, mais aussi pour moi.

Je remonte et lève à nouveau la main, mais juste au moment où je suis sur le point d'appuyer mes doigts sur la porte, je m'arrête à nouveau.

Merde. Merde. Merde.

Reprend-toi, Emma. Allez !

Je ne le fais toujours pas. Quelqu'un passe devant moi et je sursaute pratiquement, mais je ne touche pas à la porte.

Au lieu de cela, je marche. Je marche d'un côté à l'autre du couloir, essayant de me donner le courage de frapper.

— Emma ? Sa voix gronde derrière moi, me faisant pratiquement exploser.

Je suis face à lui lors d'un de mes aller-retour.

Il me prend au dépourvu. Je me fige.

Lentement, je tourne les talons.

— Bonjour, dis-je et ma voix se brise.

Merde, je marmonne silencieusement pour moi-même.

— Que fais-tu ici ? demande-t-il en se penchant. Son corps fait une hypoténuse dans l'encadrement de la porte.

Je suis époustouflée par sa beauté en ce moment.

Des yeux fatigués, des cheveux en désordre, une barbe de quelques jours et tous les autres détails négligés qui le rendent aussi sexy que possible.

Son t-shirt s'accroche fermement à ses abdos durs et son pantalon lâche pend librement sur ses hanches.

Il amène son bras jusqu'à son menton et le frotte de cette manière de mec maussade et sexy et je zoome pratiquement sur lui comme s'il s'agissait d'une scène soigneusement tournée dans une émission de télévision.

— Que fais-tu ici ? demande-t-il à nouveau.

Le ton de sa voix est maintenant plus sévère, désapprobateur.

Je me demande si je devrais mentir, contourner la vérité, mais quel serait le but ? C'est une danse pour laquelle je n'ai pas l'énergie.

— Kristen m'a appelée. Elle m'a dit que tu étais là. Elle m'a demandé de venir te parler.

— Kristen est hystérique.

— C'est ce que les hommes disent pour rejeter les peurs légitimes des femmes, je fais remarquer. Mes yeux se plissent sur les siens.

— Elle m'a dit que ton oncle était un homme très dangereux. C'est vrai ?

— Bien sûr que c'est vrai, admet Liam.

— Il est après toi. C'est pour ça que tu as quitté le désert. C'est vrai ?

J'ai l'air robotique, presque non humain, mais je fais valoir un argument.

— Oui, admet-il.

— Tu es venu ici. Tu lui as dit que tu allais le trouver.

— Et ?

— Pourquoi voudrais-tu trouver quelqu'un qui veut ta mort? Pourquoi tu essaies de trouver quelqu'un dont tu te caches depuis des années ?

— Pourquoi es-tu ici ? demande Liam en pointant du doigt mon visage.

Je reste calme, mais c'est lui qui perd le contrôle.

C'est étrange, mais bon.

Une porte s'ouvre et une femme avec un enfant en sort. Elle prend beaucoup de temps à tâtonner avec ses sacs, mais nous attendons et restons là, sans dire un seul mot.

Après quelques instants, alors qu'elle essaie toujours de trouver un moyen de transporter tous ses sacs et son bambin en même temps, Liam s'éloigne de la porte d'entrée, la tient ouverte et me fait signe de rentrer.

La porte se ferme derrière moi. Je le regarde fixement. Nous sommes à une distance l'un de l'autre.

Ses mains sont croisées sur sa poitrine et ses jambes sont écartées dans une position de puissance. Toute la lumière de la fenêtre s'enroule autour de lui, enveloppant son visage d'ombres.

— Tu ne vas pas m'empêcher de faire quoi que ce soit, dit-il.

C'est maintenant à son tour d'être calme, mais mon monde commence à s'effondrer.

Tout change. C'est presque comme si le pouvoir et l'effet de levier que j'avais dans le couloir disparaissaient soudainement, mais la vérité est que je n'ai jamais eu de pouvoir. C'était juste une illusion.

On se regarde comme des hommes dans les vieux films de cowboys. Je regarde vers le bas et je vois que même mes jambes sont écartées comme les siennes, presque comme si j'étais sur le point de sortir un pistolet d'un étui sur ma hanche.

Puis la transe éclate. Il laisse ses bras tomber sur ses côtés, détourne son corps de moi et entre dans la pièce.

Le lit est défait, mais d'un seul côté. Il dort à droite et de l'autre, les draps et les couvertures sont toujours bordées, inutilisés, presque comme si elles attendaient quelqu'un.

Moi, peut-être ?

— Que fais-tu ici, Emma ? demande Liam en se dirigeant vers la fenêtre et en regardant les gratte-ciel.

— Je suis là pour t'arrêter, dis-je doucement.

Il se retourne. Nos yeux se verrouillent à nouveau.

— Tu n'avais pas le droit de publier cette histoire.

— Je ne l'ai pas fait. Tu dois me croire. Je n'ai rien à voir avec ça.

Il secoue la tête.

— J'ai noté tout ce que tu as dit et ce qui s'est passé. Peut-être que je n'aurais pas dû, mais j'aime garder des notes. J'ai envoyé ces notes à une amie. Je voulais juste partager. C'était la première fois que j'avais une histoire comme celle-ci, mais ce n'était même pas une histoire. Je n'avais aucune intention de la publier. Puis elles l'ont fait. Je n'ai rien à voir avec cette décision. Je m'y suis opposée. J'étais tellement en colère.

— Tu as laissé faire, dit-il en secouant la tête.

Ses épaules sont tendues et je peux sentir la colère monter en lui.

Je marche vers lui et touche son biceps, mais il s'écarte. Je tends la main à nouveau. Il retourne son visage et me regarde.

— Pourquoi es-tu ici ?! grogne-t-il.

Cette voix vient de quelque part au fond de son estomac, comme le rugissement d'un lion. C'est un son grave et profond qui fait ramper ma peau.

Je m'éloigne de lui, pour la première fois, j'ai peur. C'est là que je le vois.

Cette douleur dans ses yeux.

La déception.

Ce n'est pas seulement l'article.

— Je sais que je donné beaucoup d'excuses et de rationalisations que je ne devrais pas lister, mais c'était une erreur. Je n'aurais pas dû laisser ça arriver. J'ai fait beaucoup d'erreurs, dis-je en enfouissant ma tête dans mes mains.

Aucun des mots sortant de ma bouche n'est juste. Je dis que je ne devrais pas trouver d'excuses et j'en trouve d'autres.

Je m'excuse et je reviens en arrière. Ce n'est pas ce qu'il veut entendre, mais pire que ça, ce n'est pas ce que je veux dire.

Je lève les yeux vers lui. Nos yeux se rencontrent à nouveau.

— Je suis désolée.

Je laisse ces mots simplement.

Aucune explication.

Aucune justification.

Ils pendent dans l'air entre nous comme s'ils étaient suspendus dans une bulle de dialogue, comme dans une bande dessinée.

Il me regarde, plisse les yeux, puis se détend.

Ça y est.

C'est ce qu'il voulait entendre.

Des vraies excuses, bon sang.

JE NE SAIS PAS s'il accepte mes excuses. J'ai l'impression, du moins au début. Nos yeux se rencontrent. Il incline un peu la tête sur le côté. Il s'humidifie les lèvres, mais ne dit pas un mot.

Ça n'a pas d'importance. Je me suis excusée. J'ai dit ce que je voulais dire.

— Merci, dit Liam après une longue pause. Je ne savais pas si tu me dirais ça. La vérité.

— Tu méritais de savoir, dis-je en croisant les bras.

Je veux qu'il me prenne et me rapproche.

Je veux qu'il presse son corps contre le mien, me serre et me dise que tout va bien se passer, mais il y a toujours une distance palpable entre nous. C'est difficile à décrire.

Il est loin, presque inaccessible.

Maintenant c'est son tour.

— Parle-moi des articles.

— Quels articles ?

Ça ne va pas passer. J'ai fait ma part. Je lui ai dit que j'avais tort. Et il va nier les articles ?

— Pourquoi as-tu raconté cette histoire à ces journalistes ?

— Tu sais pourquoi.

— Dis-moi.

— Il fallait que je fasse croire à mon oncle que ce que tu avais écrit était faux.

— Pourquoi ? Je veux dire oui, ça a du sens si tu voulais vraiment rester dans le désert, mais tu es ici.

— Comment ça ?

— Pourquoi es-tu venu ici ?

— Pour voir mon oncle. Je dois régler quelque chose.

Je déglutis. C'est tout ce dont Kristen m'a averti. Je dois l'arrêter.

— Tu crois qu'il a tué tes parents.

— Je sais qu'il l'a fait, il se détourne de moi.

Nous n'en avons jamais parlé, pas vraiment. Il a mentionné plusieurs choses, mais c'était toujours trop douloureux. Et maintenant ?

— Je sais pour ta petite amie. Je sais ce qu'il lui a fait.

— Tu sais pour la valise ? demande-t-il en se retournant.

Je hoche la tête et dis :

— Kristen m'a dit.

— Y a-t-il quelque chose que Kristen ne t'a pas dit ?

— Elle m'a demandé de t'arrêter. Tu ne peux pas y aller.

— Je peux. Je suis là. J'y vais.

— Pourquoi as-tu parlé aux journalistes ?
Pourquoi as-tu discrédité mon histoire si tu allais
simplement venir ici et l'affronter ? À quoi ça
servait ?

— Ce n'est pas un super plan, Emma. Parfois, on
fait juste des trucs. C'est difficile à expliquer.
Parfois, on veut simplement s'évader.

— Je ne suis pas sûre de ce que ça veut dire.
S'évader de quoi ?

— De la vie. Loin de qui on était. Loin de qui on
est maintenant. J'ai appelé les journalistes parce
que je ne voulais pas que mon oncle sache la
vérité sur moi. La vérité que tu as imprimée et
dont tu as parlé à tout le monde.

Je serre les dents, mais je reste calme.

— Puis je me suis mis en colère. J'avais déjà fui.
J'avais déjà recommencé ma vie et je ne voulais
pas tout recommencer. Je me suis dit que je
pourrais l'envoyer sur une fausse piste. C'étaient
des journaux plus connus et meilleurs, plus
dignes de confiance. Je leur ai donné la preuve

dont ils avaient besoin et les histoires sont passées, mais ça n'a rien changé.

— Comment ça ?

— Je pensais que cela me ferait me sentir mieux. Plus en sécurité, peut-être. Ça n'a rien fait. C'est là que j'ai su ce que j'avais à faire. C'est pourquoi je suis ici.

— Tu ne peux pas y aller, je le supplie. Il a des gardes et ils ont des armes. Il a envoyé des gens pour te tuer. Qu'est-ce que tu vas faire, y aller et dire : *me voici ?*

Il hausse les épaules.

— C'est une mission suicide.

— C'est ce que c'est, Emma, dit sévèrement Liam.

Il s'éloigne de moi. Il commence à se préparer.

Je regarde l'heure. Je me souviens qu'il a rendez-vous avec Kristen.

Je pousse un soupir de soulagement. Petit, mais significatif.

— S'il te plaît, promets-moi que tu ne vas pas le faire, je plaide.

— Emma, dit-il froidement. On a parlé. Tu t'es excusée. Je me suis excusé. Passons à autre chose.

— Qu'est-ce que tu veux dire ?

— Tu sais ce que je veux dire. On a fait le tour.

— Non. Je te veux, j'hésite.

Nos yeux se rencontrent et un frisson me parcourt. Je devrais terminer cette phrase, mais elle est déjà terminée.

Ce que je veux dire, c'est que je veux être à nouveau avec lui.

Je veux qu'il revienne. J'ai besoin de lui.

Je ne dis rien de tout cela.

— Je n'ai pas le temps, Emma. Je dois y aller.

Je veux protester, mais je ne le fais pas. Une obscurité se forme entre nous.

Une immobilité, une distance.

Je n'arrive pas à y pénétrer. Je ne peux pas l'atteindre.

— Tu y vas ?

— Je retrouve ma sœur, dit-il calmement, en se changeant.

Attrapant ses clés et son téléphone, il m'invite vers la porte. Nous descendons dans l'ascenseur en silence. Je l'accompagne jusqu'à sa voiture et j'attends qu'il m'offre de me déposer. Il ne le fait pas.

— On est quittes ? demande-t-il froidement.

— S'il te plaît, ne pars pas. Je t'aime, je plaide.

Il ne dit rien. À la place, il remonte simplement la fenêtre et part.

Ça ne s'est pas très bien passé. Il y a tellement plus que j'aurais dû dire. Je le sais maintenant, mais je sais aussi qu'il n'était pas dans le bon état d'esprit pour écouter.

Il était là, mais pas là. C'est presque comme si ça n'avait pas d'importance que je m'excuse. Son esprit était ailleurs.

Incertaine quant à ce qu'il faut faire, j'envoie un texto à Kristen.

— Ça ne s'est pas bien passé. Je ne peux pas l'arrêter.

— On se retrouve au café près de chez moi et je vais essayer de le convaincre à nouveau, répond-elle.

— Envoie-moi l'adresse et on essaiera de lui parler ensemble.

Elle m'envoie un texto.

Ce n'est pas loin d'ici et je décide de marcher.

20

LIAM

Quand je la vois à ma porte, je n'en crois pas mes yeux. Elle est venue *ici*. Elle m'a vraiment trouvé. Je sais que ma sœur a beaucoup insisté, mais le fait qu'elle ait réellement écouté et se soit suffisamment souciée de moi pour demander à Emma de me parler me surprend.

Je fais semblant que non. Je prétends que je vais bien. Elle n'arrête pas de parler et essaie de percer ce mur de glace que j'ai érigé, mais je ne la laisse pas entrer.

Il est difficile d'expliquer pourquoi. J'ai besoin de maintenir cette façade. J'ai besoin de rester fort car sinon je ne pourrai pas le faire.

Si j'ai une raison de *ne pas* voir mon oncle, je ne pourrai pas résister.

Tu penses vraiment que je veux y aller ? Il a tué mes parents. Il a tué ma petite amie. Il a fait des choses brutales et horribles à beaucoup de gens.

Je pensais que je pourrais vivre une vie quelque part loin de lui. Je pensais que je pourrais recommencer et ne pas m'attarder sur ces vieux ténèbres.

J'avais tort.

Je me force à monter dans la voiture et me dirige vers l'hôtel Elliott et la marina. Le club de mon oncle se trouve dans les petites rues à côté de la marina, il existe depuis des décennies.

La plupart des gens pensent que les clubs sociaux n'existent plus. Il n'y a pas si longtemps, ils étaient le lieu où les hommes allaient pour s'éloigner de leur famille et passer du temps avec leurs amis et maîtresses. Tous n'étaient pas dirigés par la mafia, mais beaucoup l'étaient.

Alors que je marche dans la rue, il y a un Coffee Bean au coin. Je vais dans l'allée et frappe à une porte graffitée avec des éraflures partout.

Je ne suis venu ici que quelques fois. Quand le quartier a évolué avec de nouvelles chaînes de restaurants et de boutiques qui vendent des vêtements et des chaussures coûteux, mon oncle a refusé de vendre.

Il avait un bail long et un moyen de pression. Il aimait bien ce quartier. Je suis surpris qu'il n'y ait personne qui garde la porte, mais je suppose qu'ils ne font plus ça.

Il y a une caméra juste à l'extérieur qui tourne vers mon visage. Je souris et je salue. La porte vibre et je l'ouvre.

Emma ne comprend pas pourquoi je suis ici. Kristen non plus.

Elle veut que nos parents soient vengés autant que moi, mais elle ne veut pas me perdre.

Je comprends ça.

Je ne voudrais pas qu'elle fasse ce que je suis sur le point de faire.

Quelque chose a changé en moi. Je ne suis plus la personne que j'étais. Je me rends compte que certains secrets ne peuvent pas être cachés et j'ai presque envie qu'il me trouve, ou peut-être l'inverse.

Je marche dans le couloir sombre, éclairé par une lumière fluorescente. Je frappe à une autre porte.

Un grand homme mince avec un front dégarni répond. Il essaie de m'intimider en faisant un pas trop près de moi avant même que j'ouvre la bouche et que je lui dise pourquoi je suis là.

Je connais trop bien ces tactiques.

Elles fonctionnent sur la plupart des gens. Pas sur moi.

— Je sais que mon oncle est ici. J'ai besoin de lui parler.

— T'es qui, putain ? demande-t-il, comme quelqu'un qui porte une arme dans sa poche arrière qui pense qu'elle le protégera de toutes les inquiétudes du monde.

— Comme je l'ai dit, je me répète calmement. Matthew Linville, c'est ton patron. C'est mon oncle. On ne s'est pas vus depuis longtemps et je sais qu'il me cherchait.

— Laisse-le entrer ! quelqu'un crie derrière lui.

J'élargis mes épaules. Je reconnaîtrais cette voix n'importe où.

C'est lui.

Avant de franchir le seuil, je lève les yeux et vois une autre petite caméra au plafond. Il savait que j'étais ici avant même que je parle à son garde.

Je marche dans un autre long couloir, mais cette fois, quand j'arrive à la porte au bout, elle est grande ouverte.

Deux gardes se tiennent à l'avant. Aussi hauts et larges que le premier, mais légèrement plus vieux, avec plus d'ancienneté.

Ils semblent plus calmes et mieux ajustés. Ils me palpent et vérifient que je n'ai pas d'armes.

J'entends par là qu'ils me palpent pour de vrai. Ils me poussent contre le mur et m'écartent les jambes.

Ils sentent et touchent chaque partie de moi. Ils sont certains que j'ai au moins un couteau ou un stylo, mais je n'ai rien.

Un peu confus, ils se tournent vers leur patron et lui font un léger haussement d'épaules. C'est alors que je me retourne et que je le regarde.

Mon oncle, le grand Matthew Linville, est assis à la tête d'une énorme table en chêne près de la fenêtre grande ouverte.

— Eh bah, eh bah, dit-il. Quelle surprise.

Il se lève et je remarque immédiatement qu'il a pris au moins dix kilos depuis la dernière fois que je l'ai vu. Ses cheveux sont devenus plus fins et plus clairs, mais ses yeux ne sont ni plus vieux ni plus gentils.

Même si ses gardes font pratiquement le double de sa taille, il semble toujours, je ne sais comment, remplir la pièce de sa présence.

Il était comme ça quand j'étais enfant aussi ;
amusant, le cœur de la fête avec une cruauté
notoire. Quelque chose dont, bien sûr, je ne
savais rien jusqu'à ce qu'il soit presque trop tard.

— Je suis surpris de te voir ici, Liam. Tu as l'air en
pleine forme.

— Toi aussi, mon oncle. Je m'approche de lui et
un garde se place entre nous. Mon oncle lui dit
de reculer.

Nous nous serrons la main. Sa poigne est forte et
ferme, comme elle l'a toujours été.

Même si je ne suis pas venu ici si souvent, cet
endroit et tous ses amis avaient atteint un statut
presque mythique lorsque j'étais enfant.

J'ai grandi en regardant *Les Soprano* et
j'imaginais que mon oncle et ses amis étaient
comme Tony et son équipe. Le problème est que
lorsque vous avez quelqu'un comme ça dans votre
famille, ça signifie que vous connaissez un
sociopathe. Il était difficile de tout séparer.

Quand nous retrouvions mon oncle pendant les
vacances et les week-ends, nous nous amusions.

C'était un gars sympa qui savait toujours rire et savait toujours ce qu'il fallait dire pour que vous vous sentiez mieux.

Il y avait aussi un autre côté en lui. Je ne connaissais pas ce côté. Pas avant de devenir beaucoup plus vieux.

Ce côté de lui n'était jamais amusant du tout. Il était impitoyable, froid, méchant et mesquin. Il a tué des gens qui ne méritaient pas de mourir simplement parce qu'ils l'avaient contredit.

Pourtant, tous mes souvenirs de lui sont positifs. Il n'a jamais rien fait pour me blesser directement jusqu'à ce que... ce soit trop tard.

— Que fais-tu ici, Liam ?

__ J'ai entendu dire que tu me cherchais, dis-je, l'air aussi arrogant que possible exprès.

— C'était le cas, dit-il en haussant les sourcils. On t'a cherché longtemps. Je ne m'attendais pas exactement à ce que tu reviennes ici.

— Ouais. Je ne m'attendais pas non plus à faire ça.

— Tu voulais me surprendre ?

Il a l'air vraiment confus, mais intrigué. Je ne pense pas que beaucoup de choses dans son travail ou sa vie le prennent par surprise.

— Je suis ici pour parler. De notre famille. À propos de tout ce qui s'est passé.

— C'est vrai ? demande-t-il en plissant les yeux.

— Je ne suis pas venu pour déclencher une bagarre.

— Tu ne vas pas déclencher une bagarre, parce que tu l'as déjà fait, dit-il en penchant la tête.

Je jette un coup d'œil aux gardes. Il y en a trois qui bloquent la porte. Mon manteau, qu'ils m'ont retiré efficacement, repose sur le canapé. Mon téléphone est dans la poche avant.

— Ce n'est pas exactement comme ça que je m'en souviens, dis-je en croisant les bras.

— Tu as témoigné contre moi au tribunal. On ne fait pas ça dans cette famille.

— Tu es de ma famille, oui, mais mes parents n'ont jamais été impliqués dans ton entreprise et tu le sais.

Il expire bruyamment et ses narines s'embrasent.

— Tu n'avais tout de même pas le droit de témoigner contre moi. Tu sais que les choses fonctionnent d'une certaine manière dans cette famille et que tout le monde est censé s'y conformer.

— C'est pour ça que tu as tué mon père parce qu'il ne voulait pas se conformer ? je lui demande tout de suite.

Je suis fatigué de perdre du temps.

Je suis fatigué d'être ici en sa présence, le simple fait de respirer cet air me donne l'impression de respirer du poison.

— Tes parents sont morts dans un horrible accident, dit-il en plissant les yeux. Tu le sais. Ton père et moi avons eu quelques désaccords, mais je n'ai rien à voir avec sa mort. C'était un incendie.

— Un incendie suspect qui a été allumé quand ils ont refusé de coopérer à une nouvelle escroquerie d'assurances santé.

— Ce n'est pas vrai, dit mon oncle.

Sa voix est calme, recueillie, la voix d'un sociopathe. Il ment depuis si longtemps qu'il se croit lui-même.

— L'incendie a été jugé suspect par les pompiers.

— Alors, pourquoi personne n'a porté plainte ?

— Tu demandes toujours à d'autres personnes de faire ton sale boulot à ta place. Tu l'as fait faire par l'un de tes gars, et tu l'as probablement tués pour pas qu'il parle. Je n'en ai aucune idée.

— Écoute, je suis prêt à te parler, mais si tu ne me respectes pas, on ne peut pas avoir cette conversation.

Je suis venu ici pour lui faire admettre ce qu'il a fait de mal. Qu'a-t-il à perdre ? Mais il est trop lâche.

J'élargis ma position et élargis mes épaules. La pièce est beaucoup plus froide que je ne l'avais imaginé et je ne suis habillé que d'un tee-shirt.

— Qu'est-ce que tu avais prévu de faire quand tu me trouverais ?

— Je ne suis pas vraiment sûr. Je ne savais pas où tu étais, mais quand j'ai lu cet article sur toi, j'ai été très impressionné. Tu as vraiment fait quelque chose... d'intéressant de ta vie. Un écrivain ! Je suis fier de toi, gamin.

Ma poitrine se serre.

Je sais que ce n'est qu'une tactique, il ne fait que jouer avec moi, et pourtant quelque chose dans le fond de mon esprit me donne l'impression que c'est réel.

C'est comme ce que mon oncle amusant me disait quand je faisais quelque chose de bien à l'école ou que je marquais un but dans un match.

On veut que notre famille soit fière de nous quand on est enfant et, parfois, on oublie à quel point c'est bon d'entendre ça à l'âge adulte.

— Tu as lu mes livres ? je demande en jetant la tête en arrière, en étant le plus nonchalant possible.

— Eh bien, tu sais que le fantasy n'est pas exactement mon truc. Je préfère le crime, quelque chose d'un peu plus graveleux.

— Mon fantasy est assez sérieux.

— Des dragons ?

— Oui.

— Pas assez dur alors. Il sourit.

On se regarde, ça devient un concours de regards. Il s'éloigne le premier mais ne cligne pas des yeux jusqu'à ce qu'il dise à ses gardes de nous laisser tranquilles.

Ils essaient de protester, mais il ordonne. Quelques instants plus tard, il n'y a que lui et moi.

— J'ai toujours voulu un fils, tu le sais, non ?

J'acquiesce.

— Ça n'a pas marché pour moi, mais ça a marché pour ton père et je t'ai toujours traité comme si tu étais à moi.

— C'est pour ça que tu l'as tué ?

— Liam, regarde-moi. Tu ne peux pas sérieusement croire ça. C'était ma propre chair et mon sang. Je l'aimais.

— D'accord, très bien... C'est pour ça que tu as ordonné à tes hommes de le tuer ?

Il se rapproche de moi. Il fronce les sourcils et quand je le regarde dans les yeux, je ne vois que le vide.

— Pourquoi es-tu ici ? Tu es ici pour me tuer ?

— Bien sûr que non, dis-je doucement. Je ne suis pas armé.

— Ça ne veut rien dire. Il plisse les yeux.

— Tu as trois gardes devant la porte. Comment suis-je censé te tuer ?

Il avale difficilement et dit :

— Tu sais, j'aurais vraiment aimé que tu ne viennes pas. J'avais des gens qui te cherchaient, mais je n'ai jamais vraiment voulu te trouver.

— Pourquoi donc ?

— Tu es mon neveu. Je t'ai regardé grandir. Je t'ai aimé. Je pensais que tu voudrais peut-être même t'impliquer dans l'entreprise un jour.

Je le regarde. Ses yeux bleus sont aussi clairs que la glace, presque morts dans leur expression.

— Et maintenant ? je demande.

— Maintenant tu es là, dit-il en se détournant de moi, comme si c'était douloureux pour lui de me regarder. Maintenant, je ne peux pas ne pas te tuer.

Je secoue la tête.

Il regarde autour de lui, pointe son doigt sur mon visage et demande :

— Pourquoi es-tu ici ? Pourquoi me fais-tu faire ça ?

— Je te fais faire quoi ? Je suis venu ici pour parler.

— Je t'aurais laissé partir. Je ne voulais pas te blesser.

— Tu as déjà fait. Je suis venu ici pour que tu admettes que tu as tué mes parents. Tes gardes ne sont plus là. C'est juste nous.

— Que veux-tu que je te dise ?

— Je te l'ai déjà dit.

— D'accord, dit-il avec un haussement d'épaules, comme s'il admettait avoir mangé le dernier morceau de gâteau dans le réfrigérateur. D'accord. Oui. C'est ça que tu veux savoir ? J'ai ordonné de tuer vos parents. Ils n'ont pas coopéré. Ils m'ont rendu la vie difficile. Beaucoup plus difficile que nécessaire.

— Alors juste comme ça, avant même qu'ils aient fait quoi que ce soit, tu les as tués ?

— Combien de fois tu veux que je le dise ?

Il se fâche contre moi, mais ce n'est pas grave. C'est exactement ce à quoi je veux en venir.

— Et ma petite amie ? Pourquoi finit-elle dans une valise devant ma porte ? Coupée en morceaux.

— C'est de ça que tu veux parler ? Pendant tes cinq dernières minutes sur terre ? Toute cette tristesse ? Toute cette obscurité ? Pourquoi ne me parles-tu pas de quelque chose que tu aimais dans votre vie ? Pourquoi ne passes-tu pas les dernières minutes de ta vie à penser à quelque chose de bien ?

Emma me vient à l'esprit. Ça me prend complètement par surprise.

J'étais tellement concentré sur le fait de le faire parler, le faire admettre ce qu'il avait fait, que je l'avais complètement chassée de mon esprit.

Pourtant, sa réaction et cette demande me l'ont ramenée à l'esprit et ont rendu les choses tellement plus difficiles.

— Dis-moi ce qui s'est passé, j'insiste en serrant les dents.

— Je pensais plutôt que tu mendierais pour ta vie.

— Pourquoi penses-tu que je suis ici ?

— Attends une seconde. Mon oncle lève les mains. C'est une espèce de mission suicide ? T'es complètement fou ? Tu veux que je le fasse ?

— Certaines personnes, comme ma sœur,
pensent que oui, que je veux mourir, mais tu sais
que c'est faux.

Je me moque de lui.

Je rigole.

En légèreté.

Je veux qu'il croie que je pense qu'il est incapable
de le faire.

Il me parle de la valise. Il me raconte comment il
a voulu me faire peur, m'empêcher de témoigner,
puis il a voulu me punir.

Il savait que je l'aimais et il savait que ce serait
une façon de m'atteindre.

Il avait raison. Il m'a atteint.

— Qu'est-ce qui ne va pas ? Mon oncle
s'approche de moi et me menace de nouveau avec
son doigt au visage. Je te dis que j'ai fait toutes ces
choses et tu restes juste là ? Qu'est-ce qui ne va
pas chez toi ?

Sa voix est frénétique, pleine de colère. Il me
pousse contre le mur, puis se balance vers moi.

Son poing s'écrase contre ma mâchoire et mes genoux s'affaiblissent.

Ma vision devient floue et, pendant un moment, je disparais.

Quand je reviens, il est de nouveau devant mon visage.

Nous sommes si proches que je peux sentir ce qu'il a mangé pour le déjeuner, de la bisque de homard.

Il me frappe à nouveau dans l'estomac et cette fois je me défends. Je le genou dans les côtes.

Il m'attrape, nous basculons. La porte s'ouvre et trois gardes se précipitent.

Juste à temps.

C'est exactement ce que j'attendais.

Je fouille dans ma poche et jette une petite poche sur le sol, aussi fort que possible. Dès qu'elle atterrit, une explosion se déclenche et tout devient noir.

21

LIAM

J'ouvre les yeux lentement et je vois tout d'un coup.

L'épave.

Les lumières rouges des ambulances et toutes les personnes qui se rassemblent autour de moi.

J'essaye de m'asseoir, mais quelqu'un m'arrête.

Je lève les yeux et vois l'officier Torres, mon partenaire secret.

— Reste allongé, dit-il avec un air inquiet sur le visage.

On dirait qu'il a vieilli quelques années depuis la dernière fois que nous nous sommes parlés.

Les lignes sur son visage sont maintenant profondes. Ses yeux sont inquiets, tendus. Nerveusement, il se touche la nuque.

— Je vais bien, vraiment. Je m'assois sur la civière.

En vérifiant que je ne suis pas blessé, je vois que je suis complètement intact.

— Tu ne vas pas bien, dit l'agent Torres en allumant son téléphone et en me montrant mon visage devant la caméra frontale comme s'il s'agissait d'un miroir.

— Merde. Je souris.

Il y a une grosse entaille sur mon sourcil et je suis couvert de tellement de suie et de débris que mes cheveux sont blancs.

Je ris, en regardant de plus près dans le miroir autour de mes pattes et ça me ramène immédiatement à la pièce de théâtre au collège où j'ai joué un vieil homme.

— Ce n'est qu'une égratignure, j'insiste. Où est tout le monde ?

— Je ne peux pas croire que tu aies fait ça. Torres se penche et chuchote à mon oreille.

Je secoue la tête. Je suis sur le point de dire quelque chose, mais je vois les autres policiers pas très loin.

L'officier Torres et moi avons eu un accord. Nous en avons parlé bien avant que je ne vienne ici. C'est pour ça que je suis venu.

Je savais que parler à mon oncle était une idée insensée, sauf si...

Mon véritable objectif en venant ici n'était pas de me venger.

Du moins pas de mes propres mains. Je savais qu'ils allaient me fouiller pour des armes et qu'il a des yeux et des oreilles partout. La seule façon pour mon oncle de m'admettre quoi que ce soit était de penser qu'il était en sécurité.

Ses hommes m'ont fouillé entièrement, de façon assez approfondie. Ils me fouillaient principalement pour les armes, mais ils cherchaient également des appareils d'enregistrement.

Ce qu'ils ne savaient pas, c'est que j'en portais un depuis le début. Un très petit, presque la taille d'une tête d'épingle, et je l'avais à l'intérieur de ma chemise.

Torres voulait le mettre sur ma veste, mais je ne savais pas s'ils allaient me laisser la garder. Et ils l'ont prise. J'avais raison.

Après avoir vérifié que je suis bien en vie et que quelqu'un soit venu me rafistoler la tête, Torres me prend à part.

Nous trouvons un endroit pour parler derrière l'une des ambulances et il s'en donne à cœur joie.

— Qu'est-ce qui t'as pris ? Ce n'était pas notre accord.

— J'avais besoin d'un moyen de les assommer. Je savais que tu ne serais jamais d'accord.

— Une explosion ? Bien sûr que je n'allais pas accepter que tu les fasses exploser. Ma carrière est en jeu.

— Tu vas être fait détective pour ça.

Il hoche la tête à contrecœur, ne voulant pas être d'accord avec moi.

— Eh bien, quel est le problème ?

— Le problème est que tu les as fait exploser. C'est une explosion. Maintenant, ils ont les forces anti-bombes, l'armée, probablement le FBI, et qui sait qui d'autre sur l'affaire. On ne peut pas juste faire ça comme ça.

— Eh bien, je l'ai fait. Tu avais un meilleur plan ? On était les seuls à savoir ce qui se passait. Tu m'as laissé entrer dans une pièce avec au moins quatre hommes qui voulaient ma mort. Ils me cherchaient dans tout le pays et je me suis pointé comme une fleur, pas d'arme, pas de couteau, pas de rien. Je ne voulais pas te le dire parce que je pensais que tu dirais non. Mais tu devais t'en douter, non ?

Il secoue la tête.

— D'accord, bien, j'acquiesce. Je savais que l'explosion n'allait pas être énorme. Elle allait juste les assommer. Les prendre par surprise.

Me donner quelques instants pour que tu débarques.

Torres secoue la tête et marmonne quelque chose pour lui-même.

— C'était un risque, bien sûr, je continue. Mais j'avais besoin qu'il dise ces choses pour l'enregistrement. J'avais besoin qu'il admette ce qu'il avait fait et ce qu'il avait ordonné de faire.

— Qu'est-ce que c'était ta bombe de toute façon ? demande Torres en regardant l'épave.

— Fumée de mercure.

— Quoi ? Il essaie de répéter mes paroles.

— Hé, je ne connaissais pas non plus. Crois-moi, j'ai dû réviser beaucoup de chimie du lycée pour comprendre comment fabriquer cette merde. Après quelques tentatives ratées, ça a fonctionné.

— Comment t'as fait ?

— J'ai dissous du mercure et de l'acide nitrique, puis j'ai ajouté de l'éthanol à la solution. Je l'ai fait il y a quelque temps, dans le désert. Avant même de te contacter.

— Comment tu savais que cela n'allait tuer personne ?

— C'est exactement ce que je voulais. J'ai fait beaucoup de recherches. J'ai lu beaucoup de choses. Avec la bonne consistance et la bonne quantité, ce qui est exactement ce que j'ai préparé, cela n'allait que les assommer, les effrayer, temporairement. J'ai pris soin de la jeter au sol, pas directement sur mon oncle. J'avais besoin d'être à une certaine distance, pour m'assurer que ça n'allait causer aucun dommage permanent.

Torres secoue à nouveau la tête, puis relève son regard du sol et me regarde.

— Eh bien, je suis content que tu l'aies fait même si je suis vraiment en colère contre toi. Si tu ne l'avais pas fait, je ne pense pas que nous serions arrivés à temps. J'étais juste à l'extérieur, mais après avoir entendu les gardes revenir, je ne sais pas à quelle vitesse j'aurais pu entrer.

— Je t'ai dit que je connaissais bien mon oncle.

JE REGARDE mon oncle et ses hommes en état d'arrestation. Ils attendent tous sur des civières, beaucoup plus amochés que moi. Je regarde mon oncle qui me regarde. Ses yeux sont profondément enfoncés de colère.

— Tu ne vas pas t'en sortir comme ça, dit-il avec sa voix grossière et épaisse de fumée.

— Je t'ai sur bande. Chaque mot, chaque menace. Tu as tué mes parents. Tu as tué ma petite amie. Tu as tué beaucoup d'autres gens. Tu ne vas pas t'en sortir.

Je commence à m'éloigner, mais il crie après moi :

— Putain, pour qui tu te prends ?

— Je suis ton neveu. S'il y a une chose que j'ai appris de toi, c'est comment obtenir ce que je veux.

Quand je me retourne pour m'éloigner, je la vois. Emma court vers moi et saute dans mes bras. Les larmes coulent sur ses joues, elle me tient, puis me touche et m'attrape pour s'assurer que je vais bien.

Elle commence à s'excuser, mais je l'arrête. Au lieu de cela, je presse ma bouche contre la sienne et la tire fermement.

— Je t'aime, Emma. Je soupire avant de l'embrasser à nouveau.

22

EMMA

J'attends longtemps avec Kristen au café, mais il n'arrive jamais. On sait toutes les deux que c'était un piège et on s'en veut toutes les deux d'être tombées dans le panneau.

J'étais tellement certaine qu'il irait parler à son oncle le soir, pas à l'heure du déjeuner, juste à côté de Coffee Bean.

Kristen et moi allons au club de son oncle, ne sachant pas à quoi nous attendre. C'est dans un quartier animé de la ville, juste à côté d'une chaîne de cafés.

Il n'y a aucun moyen qu'il fasse quoi que ce soit ici ou c'est peut-être pour cela qu'il se sent en sécurité. Peut-être qu'il pense qu'il n'y a aucun moyen qu'ils le tuent ici en plein jour.

Je me le répète encore et encore, surtout quand les ambulances commencent à arriver. Les flics bloquent immédiatement le bâtiment et ils ne veulent même pas écouter le fait que je sais qui était à l'intérieur. Ils ne laissent personne entrer et tout ce qu'on peut faire c'est de rester devant la barricade et d'attendre.

Ce sont les minutes les plus interminables de ma vie.

Quand ils tirent Liam sur cette civière et que je vois son visage couvert de cendres, quelque chose en moi se brise.

Le monde continue de tourner et de faire du bruit, mais je n'entends rien, pas même les sirènes. Je vois les lumières clignotantes, mais je n'entends rien, comme si elles étaient étouffées.

Non, non, non, je n'arrête pas de me dire.

Puis, juste comme ça, il se redresse.

Je suis dans un état second.

Est-ce vraiment Liam ? J'ai du mal à en croire mes yeux, mais je me concentre et regarde par-dessus la barricade.

Il se tourne légèrement dans ma direction et je vois un policier s'approcher de lui. Ils regardent l'entaille sur son front, fraîche et pleine de sang.

Quelqu'un vient et met un pansement dessus. Puis il suit le flic. Au début, je pense qu'il a peut-être des ennuis, mais ensuite je regarde son comportement de plus près et remarque qu'ils parlent comme des amis.

Le son est sourd, mais les lumières clignotent toujours, projetant des éclaboussures de rouge et de bleu sur son visage. Liam est couvert d'une sorte de suie, probablement à cause de l'explosion dont tout le monde parle.

Je ne l'ai pas entendu et d'où je suis, elle a l'air minime, mais c'était assez puissant pour tout recouvrir d'une substance semblable à de la craie.

Quelques hommes supplémentaires sortent sur des civières et Liam en approche un. Il est blessé et menotté à la barre. Ils échangent des mots et par leur comportement je sais qu'ils ne sont pas amis.

Il y a un flic debout à côté de la barricade devant moi. Alors qu'il est distrait par l'agitation à proximité, je vois ma chance.

Je saute et je cours vers Liam.

Mon corps entre en collision avec le sien.

Je l'attrape, l'embrasse et le touche.

Je dois m'assurer qu'il est réel. J'ai besoin de savoir qu'il est vivant.

Il m'attrape et me tient fermement. D'un coup, il presse ses lèvres contre les miennes.

Notre baiser est à la fois désespéré, aimant, obsessionnel et tendre.

Liam chuchote dans mon oreille:

— Je t'aime.

Une fois que sa tête a été bandée, il fait des déclarations supplémentaires à divers policiers et détectives, mais ils ne le lâchent toujours pas.

C'est lui qui a déclenché l'explosif. Oui, sa vie était en danger, mais ce n'est pas un simple cas de légitime défense. Il a apporté l'explosif avec lui. Naturellement, aucun agent gouvernemental n'est heureux à l'idée de civils se promenant avec des explosifs dans leurs poches.

Ils l'emmènent au poste, je ne sais où, pour plus de questions. Heureusement, l'officier avec qui il se disputait plus tôt est de son côté. Ils ont élaboré ce plan ensemble, dans une certaine mesure. C'est tout ce que je sais. Nous parlons à peine cinq minutes avant qu'ils ne l'éloignent de moi.

Plus tard dans la soirée, ils laissent partir Liam. Assise sur le canapé de Kristen, à moins de dix centimètres de moi, il sourit et rit comme si ce matin n'était jamais arrivé.

Je tends la main et touche son genou. Je serre sa cuisse, juste pour m'assurer qu'il est réel et bien là.

Nous commandons à dîner et nous jouons avec Tennyson. Après que Kristen l'ait préparé pour un bain, je mets les draps sur le lit de la chambre d'amis. On pourrait dormir à l'hôtel, mais ça fait du bien d'être ici, en famille.

Liam a mal à la tête. Les médecins lui ont dit que si la situation empirait ou s'il avait de la fièvre, il fallait qu'il consulte.

— Tout va bien se passer, tu le sais, hein ? demande Liam en se blottissant à côté de moi.

J'ai mon oreiller calé et je suis assise avec mes bras enroulés autour de mes genoux.

— Tout a fonctionné. Pourquoi es-tu si inquiète ?

Je ne peux pas lui répondre. Je le suis juste.

— Ça va aller, tu sais, continue-t-il en essayant de me mettre à l'aise.

Je me sens comme une idiote. Je devrais être celle qui le rassure, mais je suis trop stressée pour le faire.

Son téléphone vibre et il regarde l'écran.

— Mon oncle a été arrêté, dit-il en lisant un SMS. Le procureur est vraiment content de l'enregistrement. La qualité sonore est excellente et ils l'utilisent comme levier pour faire parler ses hommes.

— Tu crois qu'ils vont parler ?

— En temps normal, je dirais non, mais le fait est qu'il y en a trois. Les flics vont faire pression sur chacun d'eux, dire à l'un d'eux que l'autre l'a balancé. Quelques-uns d'entre eux n'ont pas de casiers du tout. Ils n'ont pas de passé criminel. Ça ne veut pas dire qu'ils n'ont rien fait, ça veut juste dire qu'ils n'auront pas particulièrement envie d'aller en prison.

J'acquiesce, une vague de soulagement m'envahit.

— Torres pense qu'ils auront une confession ce soir. Après ça, on n'aura plus qu'à voir. Il y aura un procès, j'en suis sûr. Ils n'offriront pas de remise de peine à mon oncle. Du moins pas pour un prix qu'il acceptera.

— Tu vas témoigner ?

— Bien sûr.

Je lève les yeux vers lui. Une mèche de cheveux se détache et me tombe dans les yeux. Il me sourit du coin des lèvres.

— C'était ton plan depuis le début ? J'étais tellement certaine que tu allais le tuer.

— Je voulais le tuer. Bien sûr que j'en avais envie. Puis j'ai réalisé que ce n'était pas assez. Une mort rapide comme ça. Mon oncle aime jouer à des jeux. Il aime le pouvoir et les belles choses et les jolies femmes. C'est quelque chose qu'il ne peut pas avoir en prison. Je veux qu'il vive dans une petite cellule avec rien ni personne. En plus, je me rends compte que je voulais me venger, mais cette vengeance ne m'appartenait pas seulement.

— Comment ça ?

— Ma sœur a aussi perdu ses parents. Les parents de mon ancienne petite amie ont perdu leur enfant. Il y a beaucoup, beaucoup d'autres personnes que mon oncle a enlevées de cette terre. Donc, la vengeance que j'aurais prise n'aurait pas seulement été la mienne. Je voulais que tous ceux qu'il a blessés sachent qu'il était là. Je veux qu'il soit reconnu coupable de ses crimes. Je veux qu'il passe des années dans une toute petite cellule à penser au fait qu'il ne vit pas dans le monde à cause de moi et à cause de ce qu'il a fait.

Je hoche la tête mais je ne dis rien.

— Je suis désolé de ne pas t'avoir dit la vérité. Je ne savais pas comment ça allait se passer, mais je savais que je devais le faire.

Je tends la main et l'embrasse. Je ne sais pas pourquoi, ça m'enveloppe un peu.

Je comprends exactement ce qu'il dit et je sais pourquoi il a dû faire ce qu'il a fait.

La mort était trop belle pour son oncle. Je le sais maintenant.

Liam m'embrasse en retour. Sa bouche est puissante et concentrée. Quand nos langues se touchent, mon corps est inondé d'amour.

Je perds mes doigts dans ses cheveux et je les passe le long de son dos large et fort.

Rapidement, je me fraye un chemin sous sa chemise et l'enlève. Les muscles de son estomac fléchissent et se détendent, formant des abdos parfaits. La lumière s'enroule autour de chaque empreinte et je ne peux m'empêcher de passer mes doigts sur chacun d'eux, comme s'il s'agissait des cordes d'une guitare.

Liam met son doigt sous mon menton et relève ma tête. Il verrouille ses yeux sur les miens.

Il m'embrasse encore et encore et encore.

Il retire mon haut et je fais glisser mon pantalon. Il passe ses doigts sur le contour de mon corps nu et je le regarde me regarder.

Je cambre le dos et ferme les yeux. Ma peau a rapidement la chair de poule. Il écarte mes jambes et embrasse l'intérieur de mes cuisses.

Je me cambre davantage et quand je me couche à nouveau, il presse ses lèvres contre mon centre et fait tournoyer sa langue.

Il trouve mon cœur avec ses doigts et continue de m'embrasser jusqu'à ce que cette sensation de chaleur commence à grandir en moi.

— Jouis pour moi, dit-il et avant que je puisse protester, je le fais.

Vague après vague s'écrasent sur moi. Je plie mes orteils et essaie de tenir, puis j'ouvre la bouche et je gémis.

Il attend la fin des tremblements de mon corps avant de se relever et d'embrasser de mon nombril jusqu'à ma clavicule, puis de mon cou à mon oreille.

Il me couvre de son corps et se presse contre moi. J'enroule mes jambes autour de lui et le pousse à l'intérieur de moi.

Nous bougeons en union parfaite.

À chaque poussée, il entre de plus en plus profondément, m'ouvrant de plus en plus.

Je m'agrippe à ses fesses fortes et épaisses et enfonce mes doigts dans sa chair. Il soulève ses mains puis retire sa bouche de la mienne.

Il se relève mais continue de pousser.

Une vague. Un mouvement. Puis je commence à le sentir venir.

Cette avalanche de plaisir. Je le regarde dans les yeux, mais seulement brièvement et je vois qu'il est juste là avec moi.

Il gémit mon nom et je gémis le sien.

Nous essayons d'être silencieux, mais c'est impossible.

23

LIAM

Nous ne restons pas très longtemps dans
l'état de Washington. Je fais une dizaine de
témoignages à divers organismes policiers, et
finalement ils me laissent partir.

Je promets de revenir s'ils ont d'autres questions
et je serai certainement là pour les procès. Trois
des hommes de mon oncle ont parlé et ont passé
des accords pour des peines plus légères.

Je suis sûr que cela a été une énorme surprise
pour mon oncle, qui était toujours très soucieux
de s'assurer que les gens travaillant pour lui
soient loyaux.

La loyauté était sa priorité, mais il l'attendait de tout le monde, sauf de lui-même.

Compte tenu de toutes les preuves que l'accusation a rassemblées sur lui au fil des ans, ainsi que des enregistrements obtenus et de mon témoignage, mon oncle fait face à plusieurs peines à perpétuité et je suis certain qu'il en aura au moins une.

***

Emma et moi retournons ensemble en Californie. Sur le même vol avec sièges voisins. Nous nous tenons la main tout du long. Je n'arrive toujours pas à croire que je récupère ma vie.

Maintenant que nous sommes ensemble, je ne veux plus jamais la laisser partir.

Quand on arrive à LA, elle m'emmène à son appartement. Je sais qu'elle vivait avec sa famille à Calabasas, mais maintenant que mon oncle est enfermé, nous n'avons plus à nous inquiéter. Son appartement est petit et un peu comme un nid, mais il est parfait.

Elle est là et c'est tout ce dont j'ai besoin.

Le lendemain matin, je m'excuse et lui dis que j'ai un livre à finir, mais au lieu d'aller travailler, je me dirige vers les bureaux de Coast Magazine. Il y a certains détails que je dois régler.

L'agent de sécurité appelle sa patronne, Corrin Matthews, et elle accepte de me voir à contrecœur deux heures plus tard lorsqu'elle parvient à me recevoir entre deux réunions.

Je suis sûr que les réunions sont inventées, mais j'attends tout de même. Je dois le faire.

Corrin est beaucoup plus jeune que je ne le pensais mais aussi condescendante qu'Emma l'avait décrite.

Je ne tourne pas autour du pot. Je ne perds pas de temps en plaisanteries ou en bavardages. Au lieu de cela, je me présente et lui dis exactement pourquoi je suis ici.

— Tout ce qu'Emma Scott a écrit dans cet article est vrai. Elle m'a dit qu'elle n'avait pas exactement autorisé la publication du second, mais ce n'est pas grave. Tout reste vrai.

— Vous venez là pour me dire que vous êtes D. B.
Carter ? demande-t-elle en se penchant en arrière
sur sa chaise.

— Absolument. J'avais quelques problèmes
personnels et c'était la principale raison pour
laquelle je gardais mon identité secrète.
Maintenant que ces problèmes sont résolus et
que mon oncle est en détention, je me sens libre
de me manifester et de dire la vérité à tout le
monde.

— Qu'en est-il de ce qui a été publié par les
journaux de la côte est ? demande-t-elle en
croisant les bras sur son élégant costume.

__Ça faisait partie de la ruse. J'ai menti à ces
journalistes et je leur ai déjà parlé ce matin. Des
rétractations vont être publiées. D'autres histoires
sur tout ce qui s'est passé à Seattle vont
également être écrites. Je sais qu'ils m'ont fait
confiance. Je sais que je leur ai menti. Je n'ai pas
menti à Emma. C'est pourquoi je suis ici.

— Qu'attendez-vous exactement de moi
? demande-t-elle en plissant les yeux.

— Je veux que vous réembauchiez Emma. Rien de ce qui s'est passé n'est de sa faute. C'est une excellente écrivaine et journaliste d'investigation. Vous le savez. Elle m'a trouvé.

Corrin secoue la tête et fait tourner sa chaise. Nous regardons tous les deux l'horizon segmenté de Los Angeles derrière elle.

— Je ne suis pas sûre de pouvoir faire ça, dit-elle après quelques instants.

— Si vous ne le faites pas, vous n'obtiendrez pas d'exclusivité avec moi.

— Une exclusivité ? Et les autres journalistes ?

— Votre histoire sera publiée en premier. Ils vont bien sûr avoir des angles différents. Probablement beaucoup plus sur mon oncle et ses activités illégales. Si vous acceptez de réembaucher Emma, votre magazine aura tous les faits en premier et vous pourrez le publier un jour plus tôt que tout le monde.

Un petit sourire apparaît au coin de ses lèvres et elle dit :

— Vous n'êtes clairement pas nouveau dans ce domaine.

— Non, en effet. Je sais ce qui fonctionne dans votre industrie et ce qui ne fonctionne pas. L'exclusivité, en particulier dans le monde d'aujourd'hui, fait tout.

— Très bien. Mais je veux l'histoire cinq jours avant ces deux autres journaux.

— Deux. Je négocie.

— Quatre. Elle secoue la tête.

Nos regards se rencontrent. Elle plisse les yeux et me regarde comme si elle évaluait ma valeur.

— Trois. C'est ma dernière offre.

Son petit sourire se transforme en pleines dents. Elle tend la main et me la serre.

— J'attends l'article exclusif d'Emma sur mon bureau. Elle a trois jours, dit-elle alors que je franchis la porte.

— Je vais lui dire.

— Elle récupère son travail si l'histoire est bonne.

24

EMMA

Au DÉBUT, je suis énervée par ce que Liam a
fait. Cela m'ennuie qu'il soit allé, dans mon dos, à
Coast et qu'il ait parlé à ma patronne en mon
nom comme si j'étais une enfant.

Puis je réalise pourquoi il a fait ce qu'il a fait.

Corrin est une femme intelligente. Elle ne se
soucie que de ce qui est bon pour le magazine et
dans ce cas, ce qui est bon, c'est d'avoir une
exclusivité sur l'histoire qui sera diffusée dans les
principales publications pendant les semaines à
venir.

Maintenant, nos jours sont remplis d'écriture.
Liam travaille sur ses livres et je travaille sur mes

articles. Il a emménagé officieusement dans mon appartement sans avoir l'intention de partir.

Le week-end, nous nous rendons chez lui à Joshua Tree et profitons de la sérénité et du calme du désert. Je pense que je voudrais m'y installer de façon permanente à l'avenir, mais c'est difficile étant donné ce que je fais dans la vie.

Il y a quelques week-ends, il a même rendu visite à mes parents et j'ai fait les présentations officielles. Mon neveu grandit comme une mauvaise herbe, il est gros et grand comme un bébé en bonne santé. Je le vois tout le temps et on fait beaucoup de FaceTime. À chaque fois, il semble avoir grandi.

On est tous amoureux de lui et sa présence a rendu ma famille plus forte. C'est presque comme si toutes les choses qui nous avaient séparés avant cessaient de compter.

Ce qui a bien sûr aidé, c'est que l'argent que mes parents pensaient avoir perdu ne l'était pas du tout.

Alex avait juste inventé tout ça pour me récupérer. Son fonds a en fait généré des millions, mais il voulait avoir une certaine influence sur moi pour essayer de me faire revenir vers lui.

L'histoire qu'il a racontée à mon père s'est avérée être un mensonge, mais la situation c'est aggravée quand il a contacté certains des autres investisseurs et s'est arrangé avec eux pour nous mentir également.

Quelques semaines après la naissance de mon neveu, les avocats de mon père sont finalement allés au fond de cette histoire compliquée. Tout l'argent était là, il refusait simplement de payer. Il attendait que je revienne. En y repensant maintenant, je ne peux pas croire que j'ai réellement envisagé de me remettre avec lui ça même une seconde.

Il fut un temps dans ma vie où je pensais que je ne voudrais plus jamais me fiancer. Ce n'est pas que j'avais abandonné, je n'ai jamais abandonné. Au lieu de cela, comme vous le savez, j'ai sauté directement dans une autre relation compliquée avec un parfait inconnu.

Après Alex, je ne voulais faire confiance à personne. J'étais certaine que je n'y arriverais jamais complètement.

Puis Liam est arrivé. Calme, confiant, facile à vivre et avec beaucoup de secrets mais pas beaucoup de bagages.

Notre connexion a été instantanée et permanente. Je ne sais pas s'il me demandera en mariage un jour, mais cela n'a pas vraiment d'importance. Nous sommes déjà ensemble pour la vie.

Nous nous entendons comme très peu de gens en ont la chance. Nous savons ce que l'autre pense et plus que tout, nous savons ce que l'autre ressent.

Je l'aime, pas seulement pour qui il est, mais pour ce qu'il me fait ressentir.

J'essaye de faire de même pour lui et ensemble je sais que nous pouvons tout traverser, surtout parce que nous l'avons déjà fait.

Merci d'avoir lu TOUS LES DOUTES

J'espère que vous avez apprécié l'histoire d'Emma et Liam. Vous voulez commencer une autre série de romance passionnante ?

Commencez à lire Dis-moi d'Arrêter maintenant !

Je lui suis redevable. Une somme que je ne peux rembourser.

Il attend autre chose de moi : moi, pour un an.

Mais je ne sais même pas qui il est.

365 jours et autant de nuits à faire ce qu'il veut… sauf ça.

– Je ne coucherai pas avec vous, dis-je catégoriquement

Il rit.

– Je vais vous faire une promesse, me dit-il en me défiant du regard, avant que le temps ne soit écoulé, vous allez me supplier de le faire.

Commencez à lire Dis-moi d'Arrêter maintenant !

INSCRIS-TOI À MA NEWSLETTER !

Tu veux être le premier à être informé de mes prochaines ventes, de mes nouvelles sorties et de cadeaux exclusifs ?

Abonne-toi à ma **Newsletter** et rejoins mon **Club de Lecteur** !

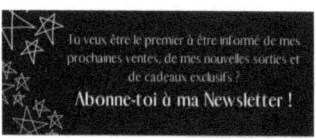

LIVRES DE CHARLOTTE BYRD

Tous les livres sont disponibles chez TOUS les grands distributeurs !

Si tu n'arrives pas à les trouver, s'il te plaît, envoie-moi un e-mail à l'adresse charlotte@ charlotte-byrd.com

Duo *Pas Intéressée*
Pas intéressée
Toujours Pas intéressée

Série Le Parfait Inconnu
Le Parfait Inconnu
Le Parfait Alibi

Le Parfait Mensonge
La Vie Parfaite
Le Parfait Echappatoire

Série Tous Les Mensonges

Tous les Mensonges
Tous Les Secrets
Tous Les Doutes

Série Soirée interdite

Soirée interdite
Règles interdites
Liens interdits
Contrat interdit
Limites interdites

La trilogie de La maison de York

La maison de York
La couronne de York
Le trône de York

Série Secrets et mensonges

Secrets et mensonges
Secrets et révélations
Secrets et peur

Secrets et colère

Secrets et passion

Série Dis-moi d'Arrêter

Dis-moi d'Arrêter

Dis-moi de Partir

Dis-moi de Rester

Dis-moi de Fuir

Dis-moi de Lutter

Dis-moi de Mentir

À PROPOS DE CHARLOTTE BYRD

Charlotte Byrd est une auteure de best-sellers de romans contemporains. Elle vit en Californie du Sud avec son mari, son fils et un berger australien plein d'énergie. Elle adore les livres, le beau temps et les grandes eaux bleues.

Contactez-la ici : charlotte@charlotte-byrd.com

Trouvez ses autres livres ici : www.charlotte-byrd.com

Suivez-la ici : www.facebook.com/charlottebyrdbooks

Instagram : www.instagram.com/charlottebyrdbooks

Twitter : www.twitter.com/ByrdAuthor

Groupe Facebook : Charlotte Byrd's
Reader Club

Tu veux être le premier à être informé de mes
prochaines ventes, de mes nouvelles sorties et de
cadeaux exclusifs ?

Abonne-toi à ma **Newsletter** et rejoins mon
Club de Lecteur !

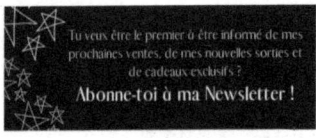